IECE

ONE

ONE PIECE novel HEROINES
Colorful

（原作）尾田栄一郎
（小説）江坂 純
（イラスト）諏訪さやか

JUMP j BOOKS

Characters

ボア・ハンコック

女ヶ島アマゾン・リリーの皇帝

たしぎ

海軍GL（グランドライン）
第5支部の大佐

ヴィンスモーク・レイジュ

ジェルマ王国の王族、
ヴィンスモーク家の長女

ウタ

「ウタウタの実」の能力者。
赤髪のシャンクスの娘

ナミ

麦わらの一味の航海士

ニコ・ロビン

麦わらの一味の考古学者

Contents

episode: HANCOCK

This is why Nyon-baa passed out.

「――て、そんなわけあるか！！！」

悲鳴のような突っ込みが九蛇城《クジヤじょう》に響きわたり、驚いた侍女《じじょ》たちが何事かとハンコックの部屋へすっ飛んでいくと、腰を抜かしたニョン婆《ばあ》がわなわなと唇《くちびる》を震わせて床《ゆか》にへたりこんでいた。

「お主《ぬし》があんまりアホなことを申すから、腰が抜けたわ！」

〝海賊女帝〟を相手にこんな口がきけるのは、この小さな老婆《ろうば》くらいのものだろう。ハンコックはニョン婆をひとにらみすると
「なぜアホなこととわかる」

と冷ややかに言い返した。

「なんでもじゃ！　そなたの説明を聞く限り、そんなことには絶対にならーぬ！」

「しかし万一ということもあろう」

「ない！」

「なぜ言いきれる。ニョン婆、そなた何か知っておるのか？」

「それは……っ」

つんのめるように口をつぐんだニョン婆に、ハンコックはぐっと詰《つ》め寄《よ》った。かつてないほど真剣な表情だ。

「どうなのじゃ、グロリオーサ。知っておるのなら、この場で説明してみせよ」

「やかましい！　お主、そんなくだらニュことに気を揉《も》むヒマがあるのなら、たまには外へ出て民《たみ》に顔でも見せてやれ！」

「ルフィとわらわのことを、くだらぬとは無礼な！」

ギャーギャーと親子のように言い合う二人を眺めながら、侍女のエニシダは途方に暮れた。

なぜこんな言い合いが始まったのかといえば——話は数週間前にさかのぼる。


霧雨《きりさめ》のけぶる寒い朝。

砦《とりで》で見張りについていたマーガレットは、ボロボロの小舟が沖合いから近づいてくるのに気がついて、望遠鏡を向けた。

「協定を破ってこの島に近づくなんて……何者かしら」

もしや海軍のスパイかと警戒して目をこらせば、舟を漕《こ》いでいるのは見覚えのある顔だった。行方《ゆくえ》知れずになっていた九蛇《クジャ》海賊団の一員——ダリアだ。

「〝ダリアが帰って来たの巻〟ね！」

「大変！　早く迎えに行きましょう！」

一緒に見張りについていたスイトピーとアフェランドラと共に、マーガレットは海岸へと急いだ。

ダリアが行方不明になったのは、約二年前の航海中のことだ。嵐《あらし》の日に甲板《かんぱん》に打ち上げられた小型海王類《かいおうるい》を海に戻してやろうとして、いきおい自分までドボンと海に落ちてしまい、それっきり行方不明になったと聞いている。生死不明のまま時が過ぎて、そろそろ葬式をあげるべきかと長老たちが話し合い始めた頃だったのだが、まさか生きていたとは。

マーガレットたちが森を駆け抜けて海岸に出ると、ダリアはすでに舟を降り砂浜にうずくまっていた。

「ダリア！　〝おかえりなさいの巻〟ね！」

スイトピーが声をかけるが、反応がない。

「ダリア、大丈夫⁉　怪我《けが》してるの⁉」

マーガレットが駆け寄ると、ダリアは汗だくの顔を上げた。

「お願い……カッサンドラを呼んで……」

息も絶《た》え絶《だ》えに言いながら、全身をガクガクと震わせている。顔色も真《ま》っ青《さお》だ。やはりどこか怪我をしているのか――ダリアの身体《からだ》をのぞきこみ、マーガレットは血相を変えて叫んだ。

「大変！　もう頭が出てるわ‼」

〝外海へ出た者が時折体に子を宿し帰り来るも、不思議な事に生まれて来る子はみな女〟――アマゾン・リリーは、男子禁制の女人《にょにん》国だ。ダリアの場合も前例にもれず、駆けつけたカッサンドラに取り上げられて生まれてきたのは元気のいい女の子だった。

新生児は寄ってたかって近所総出で世話をするのが慣習である。我先にと世話を焼きたがる女たちに助けられながら育児に勤《いそ》しんでいたダリアのもとへ、ある日九蛇城からの通達が届いた。

いわく、蛇姫《へびひめ》に面会せよ——とのこと。

アマゾン・リリーを統《す》べるボア・ハンコックから名指しで呼び出しを受けるなんて、この国に住む女たちにとっては大事件だ。

「蛇姫様がダリアを呼び出すなんて！」

「直々《じきじき》に面会するってこと⁉　うらやましい！」

「ダリア、あんた一体何やったのよ⁉」

マーガレットもスイトピーもアフェランドラも大騒ぎだったが、ダリアは特段驚かなかった。いつか来ると思っていたし、何を言われるのかもわかっている。

ダリアは外の世界で、ハンコックを裏切った。〝男〟と恋仲になってしまったのだ。

翌日、通達に従って登城したダリアはエニシダに出迎えられ、ハンコックの部屋の前へと連れてこられた。

「蛇姫様。ダリアが参りました」

部屋の中に向かって、エニシダがそっと声をかける。

ぎこちない動きで部屋の中へと足を踏み入れながら、ダリアは自分に言い聞かせた。

――毅然《きぜん》とした態度で臨《のぞ》もう。私はあの子の母親なんだから。

ダリアが一度でも男を愛してしまったことは事実だ。でも、だからといって蛇姫への忠誠心を忘れたわけではない。こうして男と別れ、アマゾン・リリーへと戻って来たのがその証明だ。

何を聞かれても、堂々としていよう。その結果、蛇姫様のお怒《いか》りを招いたとしても、後悔はない――ダリアはそう心に決め、ゆっくりと顔を上げた。

この国の主君たる蛇姫は、天蓋《てんがい》のついた広い寝床《ねどこ》の上に座り、とぐろを巻いた蛇にゆったりと寄りかかっている。〝海賊女帝〟ボア・ハンコック――その姿を一目見たとたん、ダリアは蛇ににらまれたように、その場から動けなくなった。

そこにあったのは、思考が吹っ飛ぶほどの圧倒的な〝美〟だったのだ。

少し広めのなめらかな額《ひたい》と、切れ長の眦《まなじり》が涼しげなアーモンドアイ、すっと通った鼻筋《はなすじ》と薄めの小鼻、そしてシワひとつない柔らかそうな唇。長い睫毛《まつげ》に守られた瞳は聡明《そうめい》さに満ちて黒く澄み、二重《ふたえ》のカーブは天使の通り道かと思うほどに流麗だ。

完璧《かんぺき》なのは顔面だけではない。人智を超えたボディラインは、つややかに伸びた黒髪に縁《ふち》どられることで、さらにその価値を際立《きわだ》たせている。なめらかな肌《はだ》は淡い光を放ち、悪女のような妖艶《ようえん》さと硝子《ガラス》のごとき透明感を併《あわ》せ持《も》って見る者を誘惑する。くっきりとした鎖骨《さこつ》に飾られたデコルテといい、形の良い華《きゃ》奢《しゃ》な肩といい、開いた服からのぞく胸元といい、どこもかしこも海が割れそうなほどの美しさだ。

　こんなに美しいものが、この世に存在するなんて――

　規格外の造形美を前に、ダリアは瞬《まばた》きも忘れて混乱した。生き物としての格が違う。目の奥が痛くなるほど、あまりにとめどのない美《び》貌圧《ぼうあつ》。

　どうしよう。今日は蛇姫と対等に渡り合うつもりで来たのに――この人に逆らえる気が全くしない。こんなにきれいな人に……！

ハンコックが軽く首を傾《かし》げて、ダリアの顔をのぞきこんだ。黒髪が水のようにしなやかに頬《ほお》の上をこぼれ落ち、紅《べに》を引いた唇が開く。

「ダリア」

ヒッ、とダリアは小さく息を呑《の》んだ。

名前を……！　呼ばれた……!!

ハンコックの声は、まるで音が芯《しん》を持っているかのように凜《りん》として、夏の日の鈴の音《ね》のように心地よく耳に響いた。見た目も良ければ声も良いなんて反則だ。

「よくぞ戻った」

「は、はひ……」

会って十秒足《た》らずでダリアは早くも満身創痍《まんしんそうい》だったが、それでも何とか正気を保ち続けていた。いくら蛇姫様が美しかろうと、このまま失神してしまっては九蛇海賊団の名が廃《すた》る。

「あの……」

なるべくハンコックの姿を見ないようにしながら、ダリアは声を絞《しぼ》り出《だ》した。

「不注意で……海に落ちてしまい……蛇姫様の航海に……最後まで随行《ずいこう》できず……申《もう》し訳《わけ》

ございませんでした……」

「少しやつれているな。苦労したか」

「いえ……」

「子を身ごもって帰ってきたと聞いた。外海で、ずいぶん大切なものが出来たようじゃな」

「……あの……」

つい声が震えそうになり、ダリアは喉《のど》に力を入れた。言い訳はできないが、ハンコックへの忠誠心が揺らいだわけではないことをわかってほしい。生まれてきた赤子は、アマゾン・リリーの未来を担《にな》う、大切な存在でもあるのだ。

「……私の生きがいは、蛇姫様にお仕《つか》えすることでございます。その気持ちはきっと、この先も、ずっと変わりません。しかし……仰《おつしや》る通り、外海にいる間に、大切なものが出来ました。それは私にとって……蛇姫様と同じくらい大切なものです」

ごめんなさい、とダリアは続けようとしたが、それより早くハンコックが口を開いた。

「そなたの大切なものは、どんな様子《ようす》だ。話してみよ」

あれ、聞きたいのは赤子のこと……？

てっきり男と恋仲になったことについて追及されると思っていたので、ダリアは戸惑《とまど》った。今日呼び出されたのは、赤子の様子を心配してくださったから？　だとしたら、蛇姫様は私にお怒りではないのかもしれない。

ダリアはいくぶん落ち着いて、娘の顔を思い浮かべた。家を出る前は珍しくご機嫌《きげん》だったが、一日の大半は泣いているか寝ているかだ。

「別れ際《ぎわ》こそ機嫌よく手のひらを眺めておりましたが、それは稀有《けう》なこと。日頃は泣き喚《わめ》くか、あるいは眠っているのが常《つね》でございます」

「何!?」

ハンコックはぎょっとしたように片眉《かたまゆ》を上げた。

「そんなに泣くのか……？」

「それはもう。泣くことが仕事のようなものでございます」

「そうか。私の知る者は、涙などめったに流さなかったが……個人差があるのかもしれぬな」

泣かない？　そんな赤子がいるの？

ダリアは首をひねった。想像もできないが、ハンコックが言うのだからきっと存在するのだろう。赤子もハンコックを前にすると、美貌に目を奪われて泣《な》き止《や》んでしまうのかもしれない。

「それで、泣く以外には何をしている」

「そうですね。お腹《なか》がすくと、よく私の乳に吸いついております」

「あれは、人の乳になどまるで興味を示さぬ生き物のように見えるが……？」

「……？　そう、ですか？」

　乳に興味を示さない？　そんな赤子もいるの……？

　ダリアは再び首を傾げた。ハンコックの美貌を前にしては赤子も恐縮して、乳が吸いたいなどとは言えなくなってしまうのだろうか。

　そもそもハンコックは、赤子とどれほど接したことがあるのだろう。仔《こ》ネコだろうと仔アザラシだろうと容赦《ようしゃ》なく蹴《け》り飛《と》ばすハンコックが、赤子の世話をしているところなどとても想像できない。

「あの、蛇姫様も実際に会ったことがあるのですか？」

　思いきって聞いてみると、ハンコックは「ある」とあっさりうなずいた。

「そなたが外海に出ている間に、事情があって手を貸した」

「まぁ、蛇姫様が直々にお世話を……幸運な者もいたものですね」

「こちらの好意はおそらく伝わっていないであろうがな」

「私たちをさんざん振り回しておきながら、本人はきゃっきゃと機嫌よく笑っている。あれはそういう生き物でございます」

蛇姫様ほどの方でも、赤子には振り回されるものなのか。気《け》高《だか》く誇り高い主君が、なんだか身近に感じられて、ダリアは少しだけ肩の力を抜いた。

「とにかく……そなた、子を成《な》したからには、その、男と恋仲になったのであろう?」

「はい」

「なれそめを話してみよ」

来た。やっぱりその話か――。

やはり赤子の話はただの前置きで、ハンコックは男とのことを追及するためにダリアを呼んだのだ。

包み隠さず話そう、とダリアはもう一度自分に言い聞かせた。すでに別れた男のことだ。無理に取《と》り繕《つくろ》ったり本音《ほんね》を隠す必要はないし、何より蛇姫様にウソをつきたくない。全《すべ》てを打ち明けて、あとは蛇姫様の判断にゆだねよう。

まっすぐにハンコックを見据《みす》え、ダリアは落ち着いて語り始めた。

あの嵐の夜――私は海に投げ出され、気がついた時には小さな無人島の浜辺に打ち上げられておりました。幸いにも小さな商船が近くを通りかかり、私はすぐに救助されました。船の乗組員は、全員が〝男〟でございました。彼らはまさか、私が九蛇の海賊だとは夢にも思わなかったようです。弱っていた私のために船室を用意し、貴重な食料も惜しみなく分け与えてくれました。見習いをしていた一人の若い乗組員が、特に親切に介抱《かいほう》をしてくれました。〝男〟たちに心を閉ざす私の態度に気を悪くすることもなく、毎日食べ物を運んできてくれたのです。次第《しだい》に私は、彼に気を許すようになり、毎日一緒に食事を取るようになりました。

私はずっと偽名《ぎめい》を名乗っていましたが、ある日、彼にだけ、本当の名前を打ち明けました。ダリア、と彼が私の名前を呼んだ時、聞き慣れたはずの自分の名前がなんだかとても特別な言葉のように感じられました。今思えば、あの時にはもうすでに、私は〝男〟が持つウイルスに感染していたのでしょう。

その船で出される食事は、粗末なものばかりでございましたが、彼と食べると不思議と

楽しく時間を過ごすことができました。彼は夕食のあと朝までずっと私の船室にいるようになり、私たちは自然に恋仲になりました。

　私が船に乗って一か月ほどが経《た》つ頃、乗組員の誕生日パーティーが行われました。船室で乗組員たちがどんちゃん騒ぎをする間、私たちは二人きりで甲板に出て、漏《も》れ聞《き》こえてくる音楽に合わせてダンスを踊りました。その夜、私は彼に、プロポーズをされました。しかし、私はすでに回復していて、次の港で船を降りることになっていました。九蛇の戦士が、いつまでも商船に乗っているわけにはいきません。それでも、次の港に着くまでの数か月だけでも、私は彼と夫婦になりたいと思ってしまいました。

　乗組員たちが、結婚式の真似事《まねごと》のようなことをしてくれました。みんなで一緒に食事をして、みんなから『おめでとう』と言われて——幸せを感じました。彼も同じ気持ちだったと思います。

　やがて船は港に着き、短い結婚生活が終わりを告《つ》げました。

　お腹の中に子供がいることに気がついた時には、彼はすでに次の目的地へと旅立っていました。

ダリアが話す間、ハンコックは赤くなったり青くなったり、唇を引き結んで視線を逸《そ》らしたりと、終始不機嫌そうだった。

やはり蛇姫様は、一度でも男のウイルスにかかった者を許さないのだろうか……。

ダリアは、深くうなだれた。

「蛇姫様、申し訳ありません。私は外海で、男のウイルスにやられてしまいました。もし罰をお与えになるのでしたら——……」

「もうよい。下がれ」

「へ」

ダリアは口を小さく開けたまま、ぽかんと固まった。反射的に二歩ほど後ずさってみるが、「下がれ」と言われたのは多分そういう意味じゃない。

「蛇姫様……本当に、帰ってよいのでしょうか？　私を罰しないのですか？」

ぱちぱちと目を瞬《しばたた》くダリアを、ハンコックは怪訝《けげん》そうに見つめた。

「何を言うておるのじゃ。せっかく戻った護国の戦士をなぜ罰する必要がある」

ダリアはあっけに取られて立《た》ち尽《つ》くし、見かねたエニシダに手を引かれて、ハンコック

の部屋を出た。放心したまま城を出ると、正門の前でマーガレットとスイトピー、そしてアフェランドラが待っていた。

「ダリア！　良かった、〝無事に帰って来たの巻〟ね！」

「なかなか出てこないから心配してたのよ！」

「蛇姫様のご用件は何だったの？」

　心配して迎えに来てくれたらしい三人から口々に聞かれ、ダリアは正直に「よくわかんない」と答えた。

　マーガレットたちの表情がきょとんとなる。

　ダリアは小さく肩をすくめた。

「外海にいた時のことについて聞かれただけ。お顔が見られて光栄だったけど、どうしてわざわざお時間を割《さ》いてくださったのか、よくわからないわ……」

「もしかして蛇姫様、ダリアと話がしたかったんじゃない？　外の様子に興味をお持ちで、色々聞きたかったとか」

　マーガレットが言い、ダリアは「まさかー！」と即座に否定した。

「外海のことについては、蛇姫様の方がずっとお詳《くわ》しいわよ。頻繁《ひんぱん》に航海に出ていらっしゃるし」

それに、今日話したのは、〝男〟とのなれそめだけだ。そんな話題に蛇姫様が興味をお持ちだとは、到底思えない。――それとももしかして、蛇姫様も実は〝男〟に興味があったりするのだろうか。夫にしたい人がいて、私と〝恋バナ〟がしたかったとか……？

いや、まさか。

マーガレットたちから矢《や》継《つ》ぎ早《ばや》に浴びせられる質問を適当にあしらいながら、ダリアは背後にそびえる九蛇城を振り返った。天守閣《てんしゅかく》に二匹の蛇を掲《かか》げた巨大な宮廷は、蛇姫の信頼の象徴だ。美しさは権力で、この国の誰もがボア・ハンコックの強さを心から信頼している。

蛇姫様は誰かに支配されたりしない。そんな隙《すき》は見せない。私たちの主君は、美しくて強くて、そして誰よりも自由なんだから。

そんな人が恋に落ちるほどの相手なんて、この世に存在するわけがないのだ。

「蛇姫様！　行方不明になったダリアが、戻ったそうでございます」

　エニシダからそう報告を受けたハンコックが抱《いだ》いた感想はたった二文字――〝だれ？〟だった。他人に興味がないので、よほど毎日顔を合わせている者以外の顔はぼんやりとしか覚えていない。美しいのでそれで許される。

　そんなことよりも、目下のハンコックの関心事はルフィだった。頭の中の九割はルフィに占拠《せんきょ》されていて、残りの一割でかろうじてアマゾン・リリーを治《おさ》めているのだ。ほかのことを入れる余裕なんてない。

「嵐の夜に甲板から海に放り出され、それ以来行方不明になっておりましたが、近くの島に流れ着いていたそうです。その後は商船に拾われたとか」

「ほう」

　とてもどうでもいい。ハンコックはぼんやりと壁を眺め、久しく会わない麦わらの想《おも》い人《びと》に心を馳《は》せた。

「〝凪の帯《カームベルト》〟を進むため幾多《いくた》の船を乗り継ぎ、最終的には小さな舟を自《みずか》ら漕いで、このアマゾン・リリーへとたどり着いたそうでございます」

「そうか」

あぁ、ルフィに会いたい……。

「道中にはさぞかし大変な苦労があったことでしょう」

「あぁ」

「無事に帰還したのは幸いにございました」

「そうだな」

「しかも、子を身ごもっているらしく」

「何!?」

ハンコックは、ものすごい勢いで顔を向けた。

「ダリアが……子供を……!?」

不意打ちの美貌圧を食らったエニシダは失神してその場に倒れたが、ハンコックはそれどころではなかった。

アマゾン・リリーの住人たちは知らないことだが、実は女だけで子供を作ることはできない。〝女〟と〝男〟が必ず一人ずつ必要だ。子作りをする男女は〝恋仲〟であることが多いと聞く。つまり――ダリアとやらは、外海で男と恋仲になった可能性が高い、ということになる。

うらやましい。

率直《そっちょく》に言って、大変にうらやましい。

いてもたってもいられなくなり、ハンコックは部屋の中をウロウロと行ったり来たりし始めた。平素《へいそ》の気品ある動作が嘘《うそ》のようなソワソワ加減だ。

ハンコックは、もうずっと、ルフィと恋仲になりたくて仕方がないのだ。自分の美貌に全く興味を示さず、それなのに優しくしてくれた人。強い信念と目的を持ち、誰よりも自由な人。ルフィのことをもっと知りたいし、ルフィにも自分のことを知ってほしい。自分がルフィのことを好きなのと同じくらい、ルフィにも好きになってほしい。

こんなに好きな気持ちを、ずっと、どうしたらいいのかわからずにいた。いつも黙ってそこに立っているだけで誰もが見とれてくれたから、わざわざ誰かに好かれたいと思ったことなんて一度もない。だから、恋をした時に人がどうするものなのか、さっぱりわからないのだ。

失神したままのエニシダを部屋から運び出させると、ハンコックはちんまりと膝《ひざ》を抱《かか》えてベッドの上に座り込んだ。

ダリアは、一体どうやって男と恋仲になったのじゃ——

一組の男女が恋人同士になるまでのプロセスなど、見当もつかない。ましてダリアは、自分のような美貌も強さも持っていないのに、どうやって男を惚《ほ》れさせたのか。もしや、外海にだけ伝わる秘密のテクニックが存在するのか？　だとしたら、知らぬままにしてはおけぬ……！

矢も盾《たて》もたまらず、ダリアの体調が戻りしだい、通達を出して九蛇城へと呼び出すことにした。外海で一体何があったのか、根掘り葉掘り聞かなければ気が済《す》まない。

ダリアは、エニシダに付き添われて、ハンコックの部屋へとやって来た。

「蛇姫様、お久しぶりでございます。ダリアです」

慇懃《いんぎん》に挨拶《あいさつ》をするダリアは、明らかに恐縮しきっている。

こやつか……。

ハンコックは、恋敵《こいがたき》を値踏みする孔雀《くじやく》のような目つきで、じっとダリアを観察した。

大人《おとな》しそうな顔をして……よもや男と恋仲になったことがあるとは、なんとしたたかな……！

この女はきっと、ハンコックの知らない、夢のような体験をしたことがあるに違いない。

そう思うと、目の前の平凡な女が、急にキラキラと輝いて見えてくる。

一体どうしたら男と恋仲になれるのか教えてほしい。今すぐルフィとわらわを恋仲にしてほしい。そして一刻も早く結婚式を挙げたい。

ハンコックは軽く顎《あご》を上げ、あくまで蛇姫の気品を保ったまま、威厳たっぷりに口を開いた。

「子を身ごもって帰ってきたと聞いた。外海で、ずいぶん大切なものが出来たようじゃな」

「あの……私の生きがいは、蛇姫様にお仕えすることでございます」

前置きはどうでもいい。

「しかし……仰る通り、外海にいる間に、大切なものが出来ました。それは私にとって……蛇姫様と同じくらい大切なものです」

ほほう、いきなり惚気《のろけ》るか。

ハンコックは早くもドキドキしてきてしまった。エニシダに聞いたところ、ダリアという娘はどちらかといえば気弱で、いつも他人の顔色を窺《うかが》っているようなタイプだったらしい。それなのに、まさか開口一番に男のことを語るなんて——恋のウイルスにやられて、ずいぶん積極的になってしまったようだ。

動揺を気取《けど》られぬよう無表情を貫《つらぬ》いて、ハンコックは小さくうなずいた。

「そなたの大切なものは、どんな様子だ」

「別れ際こそ機嫌よく手のひらを眺めておりましたが、それは稀有なこと。日頃は泣き喚くか、あるいは眠っているのが常でございます」

「何⁉」

泣き喚くか、眠っているか……⁉　恋仲になった男は、そんな行動をとるのか⁉　ルフィの泣き喚く姿など全く想像できないが、恋仲になったら見られるのだろうか。目の前でルフィが泣き喚き始めたら、どうしていいかわからずオロオロと慌《あわ》てふためいてしまいそうだ。

恐るべし、恋仲になった男……！

「それで、泣く以外には何をしている」

「そうですね。お腹がすくと、よく私の乳に吸いついております」

乳に⁉　吸いつく⁉

恋仲になった男は、乳に吸いつくものなのか……⁉

ハンコックは赤面して胸を押さえた。ルフィが望むのならどこにだって吸いつかせてあげるつもりだけど、想像するとちょっとドキドキしてしまう。

でも、以前ハンコックが裸《はだか》を見せた時、ルフィは乳に吸いつくどころか、気にする素振《そぶ》りさえ一ミリも見せなかった。そんなルフィが乳を吸いたがるなんて、とても想像できない。

「……あれは、人の乳になどまるで興味を示さぬ生き物のように見えるが……？」

ハンコックが困惑《こんわく》して言うと、ダリアは「そう、ですか……？」と不思議そうに首をひねった。

「蛇姫様も実際に会ったことがあるのですか？」

「そなたが外海に出ている間に、事情があって手を貸した」

「まぁ、蛇姫様が直々にお世話を……幸運な者もいたものですね」

「こちらの好意はおそらく伝わっていないであろうがな」

「私たちをさんざん振り回しておきながら、本人はきゃっきゃと機嫌よく笑っている。あれはそういう生き物でございます」

ようやくイメージが一致した。いつでも騒ぎの中心にいて周《まわ》りを振り回して、当の本人は機嫌よく笑っている――ダリアが話しているのは、まさしくルフィのことではないか。女の目に、恋仲になった男はそのように映るのだろう。

「とにかく……そなた、子を成したからには、その男と恋仲になったのであろう？　なれそめを話してみよ」

いよいよ本題を切り出しながら、ハンコックは前のめりになった。これからダリアが話すことの中には、ルフィと恋仲になるための重大なヒントが隠されているかもしれないのだ。一体彼女はどのようにして〝男〟を手に入れたのだろう――

ダリアは話しづらそうに語り始めた。嵐の夜に海に投げ出され、気がついた時には無人島の浜辺に打ち上げられていたこと。近くを通りかかった商船に救助されたが、乗組員は全員が男だったこと。

「――彼らは……弱っていた私のために船室を用意し、貴重な食料も惜しみなく分け与えてくれました。見習いをしていた一人の若い乗組員が、特に親切に介抱をしてくれました――」

わらわもルフィに介抱されたことがある……。

ルフィがお見舞いにやって来た日のことを、ハンコックはうっとりと思い出した。確かルフィはあの時、ハンコックが〝原因不明の病《やまい》〟に倒れたと聞き、自ら訪ねてきてくれたのだ。優しいルフィは、それほどまでにハンコックのことを心配してくれていたのだろう。兄エースのためにインペルダウンに行きたいという頼みごともその時にされたような記憶があるが、まあそれはおそらく、お見舞いのついでの用件だ。

「――私はずっと偽名を名乗っていましたが、ある日、彼にだけ、本当の名前を打ち明けました。ダリア、と彼が私の名前を呼んだ時、聞き慣れたはずの自分の名前がなんだかとても特別な言葉のように感じられました――」

わかる。

ハンコックは真顔《まがお》のまま小さくうなずいた。ルフィに「ハンコック」と名前を呼ばれるたび、同じ気持ちを味わっている。ルフィの声が耳に響くたび、胸の奥に温かいはちみつをこぼしたような幸福感が、じんわりと身体中に沁《し》みていくのだ。

しかもハンコックの場合は、名前で呼ばれただけでなく、手まで握られてしまった。きゅっと、直《じか》に触れて。なぜルフィはそんなことをしたのか？　答えは一つしかない。ルフィもハンコックのことが好きだったのだ。

やはり……わらわとルフィは両想い……。

「――今思えば、あの時にはもうすでに、私は〝男〟が持つウイルスに感染していたのでしょう。その船で出される食事は、粗末なものばかりでございましたが、彼と食べると不思議と楽しく時間を過ごすことができました。私たちは自然に恋仲になりました――」

つまり、ルフィとわらわもすでに恋仲なのでは……？

ハンコックはくらりと眩暈《めまい》を覚えた。なにしろハンコックも、ルフィと食事をしたことがあるのだ。それも、密室で、二人きりで。ルフィをインペルダウンに送り届けるためにやむを得なかったとはいえ、一緒に食事をしたことは純然たる事実だ。

まさか、わらわとルフィがすでに恋人同士だったなんて……。

「――私が船に乗って一か月ほどが経つ頃、乗組員の誕生日パーティーが行われました。船室で乗組員たちがどんちゃん騒ぎをする間、私たちは二人きりで甲板に出て、漏れ聞こえてくる音楽に合わせてダンスを踊りました。その夜、私は彼に、プロポーズをされました――」

プロポーズ‼

なんてことだろう。パーティーで、どんちゃん騒ぎで、ダンスを踊るのがプロポーズなのだ。だとしたら、すでにルフィはハンコックにプロポーズをしていることになるではないか！　ルフィがアマゾン・リリーを発《た》つ日、女たちがルフィのために宴《うたげ》を催《もよお》していた。後《のち》に聞いたところによると、その宴はたいそう盛り上がり、ルフィは鼻の穴に棒を刺した不思議な踊りを披露したという（その踊りはアマゾン・リリーでしばらく流行《はや》った）。

ハンコックは、ぶるっと身体を震わせた。

知らなかった……わらわとルフィは、婚約していたのか……。

「――乗組員たちが、結婚式の真似事のようなことをしてくれました。みんなで一緒に食事をして、みんなから『おめでとう』と言われて――幸せを感じました。彼も同じ気持ちだったと思います」

そういえばルフィにも仲間がいるはずだ。ルフィ以外は顔がうすぼんやりとしか出てこないが、手配書を見たような記憶がある。緑のとかオレンジのとか金色のとか、ほかにもけったいな連中が色々いたような。ルフィの仲間なら、結婚式には招待してやらねばならないだろう。

結婚式は盛大にやるべきだ。ルフィのお色直しは千回くらいでいいだろうか。きっと彼のことだから、どんな衣装も素晴らしく着こなしてしまうことだろう。料理はいくらあっても足りない。肉だけでも最低十万トンは用意して、山より高いウェディングケーキも欲

しい――あぁ、忙しくなりそうだ。ルフィが喜ぶ式を執《と》り行《おこな》うため、明日からバンバン略奪しまくらなければ。

未来の挙式に思いを馳せてぼんやりと遠くを見つめ、そのまま空想の彼方《かなた》へと飛び立ちかけたハンコックだが――続くダリアの言葉に、急に現実に引き戻された。

「お腹の中に子供がいることに気がついた時には、彼はすでに次の目的地へと旅立っていました」

ダリアを帰すと、ハンコックはすぐさまニョン婆を呼んだ。

「蛇姫。ニャんの用じゃ」

いつもの杖《つえ》をつきつき現れたニョン婆を、ハンコックは神妙に迎えた。

「報告がある。……重大なことじゃ」

ニョン婆の表情がきゅっと引《ひ》き締《し》まる。

へその辺《あた》りを押さえながら、ハンコックは深呼吸して続けた。

「わらわはもうすぐルフィの子を産むようじゃ」

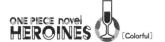

episode:
TASHIGI
There is something about her.

開け放した窓から吹き込む風が、伸びた前髪をさらっていく。たしぎは古びた木の椅子《いす》にもたれ、深煎《ふかい》りのコーヒーを飲み下した。

見張り役の海兵がうたた寝した隙《すき》に、中型の海王類《かいおうるい》が船に激突して船底にちょっとした穴が開いたのは、海軍本部へと帰還する途上のことだった。乗組員たちが必死に塞《ふさ》いで即座の沈没は免《まぬが》れたものの、このまま航海を続けていたらそのうち沈む。慌《あわ》てて地図を広げて上陸可能な陸地を探したところ、かろうじて近くに無人島が見つかったので、サバイバル覚悟で上陸してみたらなんと人が住んでいた。人口二百人にも満たない集落だが、世界政府加盟の小国に所属して近隣諸国と交易《こうえき》もしている立派な港町だ。

「人数が少なけりゃ省略していいと思ってんのか、これを作った連中は」

たしぎの上司たるスモーカー中将は、地図に押された〝海軍公認〟のスタンプを指でハジいてそうボヤいていたが、泳げない彼が密《ひそ》かに誰よりも船の沈没を恐れていたことを、たしぎはちゃんと知っている。いずれにしても、船の修理が終わるまでの間、たしぎたちはこの島に足止めされることとなってしまった。

自給自足の生活もこの際やむを得ないと腹をくくって上陸した島に整ったインフラが存在していたのだから、ありがたい話には違いないが――たしぎはテーブルに頬杖《ほおづえ》をついたまま、ハァ、と小さくため息をついた。

こんなところで足止めされている余裕なんか、本当はないのに……。

こうしている今も、野蛮《やばん》な海賊たちが、どこかの海で弱い人々を虐《しいた》げている。〝悪〟が強いこの時代、〝正義〟の言葉を背に負う海軍に休息の余裕などないはず。本当なら、すぐにでも出発したいのが本音《ほんね》だ。

たとえ、いかにこの島が快適でも。

「ハァ……」

陽光の射《さ》す食堂をぐるりと見まわし、たしぎは二度目のため息を吐き出した。天井に設置されたファンがからからと回って室内の空気をかき回し、ゆるやかな風を送ってよこしている。広々とした室内は、隅々《すみずみ》まで手入れが行き届いて清潔だった。いい店だ。

入口に、扉がないこと以外は。

「気になる？」

厨房《ちゅうぼう》で働く青年のアトリは、たしぎの前にトンとスモークチキンの皿を置くと、四角く抜けた入口をいまいましげに見やった。

「海賊どもが扉を持ってっちまったんだよ。ステンドグラスの嵌《は》まった年代物だったからさ。道路の埃《ほこり》が入ってきてうっとうしいかもしれないけど、マメに掃除はしてるから我慢してくれ」

「……この町には、海賊が出るんですか？」

たしぎは眉《まゆ》をひそめた。大海賊時代の影響は、こんな小さな島にまで及んでいるのか。

「海賊っつっても、ろくに航海にも出ないチンピラ連中だよ。どこから流れ着いたのか、半年くらい前から出没するようになってね。たまにフラッと現れては、難癖をつけて金目の物を盗《と》ってくんだ」

「人々を守るのは海軍の仕事なのに……すみません」

頭を下げたたしぎを見て、アトリは「おいおい」と慌てた。

「大佐が頭なんか下げないでくれよ。おれたちは別に、海軍に海賊を何とかしてほしいなんて思ってないんだ」

「え……なぜですか？　海賊の被害に困っているのでは？」

「そりゃあ困ってるよ。現にあんたたちの船が近づいてくるのが見えた時、海賊を退治しに来たんじゃないかって期待したやつもいた。でも町民みんなで話し合って、海軍に何かを期待するのはやめとこうって決めたんだ」

　小さく肩をすくめると、アトリはたしぎの向かいの椅子に腰を下ろした。

「こんな田舎《いなか》にも年に一度は海軍が視察に来るから、去年、海賊のことを訴えたんだよ。でも海軍の連中は、捕まえた海賊を数日牢屋にブチこんだだけで釈放して、自分たちはさっさと帰っちゃってさ。怒った海賊どもに報復されて、おれたちは余計に酷《ひど》い目に遭《あ》う羽《は》目《め》になった。それで学んだんだ。いかに海軍が大きな組織でも、世界の隅々まで支援を継続するのは難しいんだって」

「…………」

　たしぎは唇《くちびる》を噛《か》み、コーヒーの入ったマグをきゅっと握りしめた。正義の担《にな》い手《て》を自称する海軍が、こんな小さな島一つ救えずにいるのだと思うと、改めて悔《くや》しさがこみあげてくる。

「もう慣れたよ」

　軽い調子で言って、アトリは椅子に深くもたれた。

「おれたちは、反抗するのはあきらめて、穏便《おんびん》に済《す》ませることにしたんだ。実際、海賊連中も目をつけられない程度の暴れ方を心得てて、抵抗しなきゃこっちの被害も多くないし――ま、あの扉を持ってかれた時は、おれも頭に血が昇っちまったんだけどさ。この宿屋を始めたジィちゃんが大事にしてたものだったから……おかげで、このザマだ」

アトリがズボンの裾《すそ》をめくると、義足との継《つ》ぎ目《め》には皮膚の引きつれが強く残り、負った傷の深さを物語っていた。彼の片足が義足であることは会った時から気づいていたが、まさか海賊の仕《し》業《わざ》だとは思わなかった。

「人々を守るのは、海軍の仕事なのに――すみません」

自分のことのように痛そうな顔をするたしぎを見て、アトリは「優しいね」と苦笑《にがわら》いした。

「しょうがないよ。海軍の人員にも限りがあることはわかってる。切り捨てられるのはいつだって人数の少ない場所からだってこともね」

この町に海賊が出没するらしいという情報を、スモーカーはとっくに入手して調査を始めていた。

「今頃耳に入れたのか。そのトロいのをちったァ何とかしろ。この島に来てどれだけ経《た》つと思ってる」

十八時間くらいでしょうか。

と、バカ正直に答えそうになり、たしぎはすんでのところで言葉を飲み込んだ。

実際、たしぎやスモーカーがこの島を訪れてから、まだ丸一日も経っていない。だというのに、すでに海賊たちの足取りを摑《つか》んで部下を動かしているスモーカーの方がおかしいのだ。海軍の問題児として煙たがられているこの男がそれでも中将という高い地位を与えられているのは、その戦闘力の高さに加え、単に仕事ができすぎるというのも大いにある。

「島民の方々は、討伐《とうばつ》を望んでいないようですが……」

「そらァ前回ここらの海域担当の海軍が雑な仕事をしたせいだ。一人残らず捕縛《ほばく》して連れてけば文句はねェだろう」

それについてはたしぎも同意見だが、どこに潜《ひそ》んでいるかわからない海賊連中を一網打《いちもうだ》尽《じん》にするのは簡単ではない。それでなくとも、スモーカーたちがこの島にいられる期間は限られているのだ。

「ほかのみんなは島で聞き込みを始めてるんですよね。私も行ってきます」

「バカ、てめェはまだ動くな。目立つ」

「え、じゃあ何をしたら……」

「知るか。剣の稽古《けいこ》でもしてろ」

確かに、男ばかりの集団に一人混じったたしぎは、上陸した時からかなり目立っていた。この状況で下手《へた》に動けば、海賊の討伐を望んでいない島民たちの不信感をあおりかねない。

仕方がないので宿の裏手に移動して、剣の稽古をした。別にスモーカーに言われたからやるわけじゃない。いつもの日課なだけだ。

業物《わざもの》〝時雨《しぐれ》〟を鞘《さや》から抜き、両手で構える。すっと息を吸い、背筋《せすじ》を伸ばして、上段に振りかぶった。そのまま勢いよく振り下ろし、数度素振《すぶ》りをしてから柄《つか》を握り直して目を閉じる。

白刃《はくじん》を抜いた敵に囲まれている――そんな想像をしながら、峰《みね》で籠手《こて》を打ち、胴を払い、振り向きざま目の前の相手の面を叩《たた》く。

打ち込みは悪くない。

ゆっくりと目を開けると、目の前に竹刀《しない》を握りしめた小さな女の子が立っていた。

「…………」

「…………」

女の子は黙ったまま、じっとたしぎの顔を見上げている。歳は十歳くらいだろうか。

「……あの、何かご用ですか？」

「私、ヒワっていうの」

「あ、私はたしぎです。はじめまして」

いつもの癖でたしぎがぺこっと頭を下げると、ヒワもつられたように軽く会釈《えしゃく》を返した。

「ねえ、おねーさん、島の外から来た人だよね。剣やるの？」

「ええ、多少は心得がありますが――」

「じゃあさ、私に稽古をつけてくれる？」

ヒワは手に持った竹刀を構えると、まっすぐにたしぎの目を見つめた。

「私、海賊たちよりももっと強くなりたいの」

突然のヒワの申し出を、たしぎは快《こころよ》く受け入れた。同じ剣の道を志《こころざ》す女の子から教えを請《こ》われて悪い気はしない、というか率直《そっちょく》に嬉《うれ》しい。

まずは上下素振りをさせてみると、構えこそ綺麗《きれい》だったが、剣先は安定せず、下半身の重心もかなりズレていた。

「下へ打とうとするのではなく、剣先を遠くに飛ばすようなイメージで振ってください。もっと手首のスナップを使って」

たしぎがアドバイスすると、最初は少し良くなったが、二、三度振るとまた元に戻ってしまった。それとなく剣を始めた時期を聞いてみると、初めて竹刀を握ったのは半年ほど前だという。

「この間まで、アトリに剣を習ってたの。アトリは料理人だけど剣もすっごく強くて、この島で一番の腕前だったんだよ。足を怪我《けが》するまでは、の話だけど」

アトリに剣を教えてもらえなくなり、新しい師匠を探していたところへちょうど現れたのがたしぎだったというわけだ。

「アトリ、本当にかわいそう……なんにも悪いことしてないのに。海軍はこんな田舎の町まで来てくれないしさ。たしぎちゃんたちも、補給がてら立ち寄っただけなんでしょ？」

「いえ……いや、そうですね。すみません」

たしぎは曖昧《あいまい》にごまかした。スモーカーは海賊を討伐するつもりでいるが、どこから情報が洩《も》れるかわからない以上、まだそのことをヒワに告《つ》げるわけにはいかない。

「海賊がこの島に来るようになってから、リフジンなことばっかり。それなのに大人《おとな》はみんな、我慢しろって言うんだよ。反抗してもいいことなんかないからって。ねぇ、絶対そんなことないよね？」

「ええ、もちろん。納得できないことには、抗《あらが》うべきです。時には、たとえ力ずくになってでも」

「やっぱそうだよね！」

ヒワは大きくうなずくと、勢いよく竹刀を振りかぶった。

「私ね、たくさん剣を練習して、アトリを傷つけた海賊どもを追い払ってやるの！」

竹刀の切っ先が、ぶわんと音を立てて空気を裂く。

今の振りは良かった。でも、まだ重心が甘い。たしぎは後ろからヒワの腰に触れ、姿勢を修正してやった。

「強くなって、この町に正義を取り戻したいんですね」

敵討《かたきう》ちに燃えるヒワの気持ちは、たしぎにも痛いほどよくわかる。海賊たちから人々を守りたいという思いは、海軍に身を置くたしぎの信念そのものでもあるからだ。海賊が〝悪〟で海軍は〝正義〟だと、ずっとそう信じてきた。その価値観は、弱い者を助けてばかりのおかしな海賊たちと出会ったことで、大いに揺らぐことになったけれど、それでもたしぎの信念は今も変わっていない。

海軍として人々を守ることこそが、自分の使命——だからこそ、この島の人々が海軍に失望しているという事実は、たしぎに重くのしかかった。

海軍中将の側近として前線に身を置いていれば、自分の力不足は否応《いやおう》なしに自覚させられる。それでもこの場所にい続けて、悪に抗いたいと思うなら、強くなるしかない。

せめて少しでもヒワの力になりたくて、たしぎは熱心に指導を続けた。

初めはやる気満々だったヒワだが、一時間も経つと、表情に疲れが滲《にじ》み始めた。フォームもどんどん乱れ始め、しまいには竹刀が手からすっぽ抜けてしまう。

「少し、休憩しましょうか」

「いいの。まだ大丈夫！」

疲労の溜《た》まった状態で稽古を続けても、あまり意味がない——ということに気づくのにも、経験が必要だ。ひとまずヒワのしたいようにさせることにして、たしぎはヒワの隣で刀を抜いた。

剣尖《けんせん》を沈ませ、ドッと打ち込む。

たしぎが素振りを始めたのを見て、ヒワは「え」と目を丸くした。

「たしぎちゃんも稽古するの？　大人なのに？」

「半日でも休んだら、腕がなまってしまいます。海軍には私なんかよりずっと強い人たちがたくさんいますから、もっともっと強くならないと」

「たしぎちゃんって、弱いの？」

ストレートに聞かれ、たしぎは一瞬、言葉に詰《つ》まった。

「――強いとは、到底言えません。まだまだ未熟で……そうですね、とても弱いです」

「そうなんだ……」

そう言うと、ヒワは押し黙って地面をにらんだ。短い沈黙のあと、ふっと顔を上げると、

「私、やっぱり一人で稽古する」

ぽつりとつぶやいて、竹刀を構えた両腕を下ろす。

「あ、でも初心者のうちは、フォームを誰かに見てもらった方がいいですよ」

「けど、たしぎちゃんは弱いんでしょ。そんな人に見てもらったって意味ないじゃん。か

っこいい剣持ってるから、きっと強いと思ったのに……がっかりだよ」

たしぎは目を瞬《しばた》いたあと、頬を赤くしてうつむいた。

「そ、そんな、かっこいい剣だなんて……」

「ほめてないし！」

ぴしゃりと言うと、ヒワは苛立《いらだ》ってまくしたてた。

「女の子なのに一人で海軍の男の人たちに混ざってて、すごいって思ったのにさ……弱かったら意味ないじゃん。強くない人に稽古つけてもらったって時間の無駄だし」

「この刀ね、〝時雨〟っていう名前がついてるんですよ。刃文《はもん》がまっすぐでとっても美しいんです。良かったら近くで見ませんか？」

「人の話聞いてる⁉」

ヒワは「もういいよ！」と言い捨てると、竹刀をカランと地面に投げた。

「あ、剣を乱暴に扱うのは……」

たしぎが注意しようとした時、若い海兵が「たしぎ大佐！」と声をかけに来た。

「ちょっとよろしいですか。この島を荒らす海賊たちの件で、進展がありまして」

海兵は声をひそめ、調査の結果についてたしぎに報告を入れた。たしぎは二、三度うなずくと、ヒワの方を振り返った。

「ごめんなさい、やっぱり今日の稽古はここまでに……って、あれ？」

さっきまでそこにいたはずなのに、ヒワはいつの間にかいなくなっている。

地面に投げ捨てたはずの竹刀も、一緒になくなっていた。

――この町を荒らす海賊たちの居所がわかりました。入江の外《はず》れにある古い商館に侵入して、勝手に根城《ねじろ》にしているようです。昼間の時点で館内にいたのは十名程度。いずれもさほどの戦闘力があるようには見えなかったそうで、まあ、チンピラも同然の小悪党でしょう。今、スモーカー中将にも報告を入れて指示を仰《あお》いでいるところです――

部下からの報告を受け、たしぎはスモーカーの滞在している宿に向かった。

「スモーカーさん！　海賊たちの居所が判明したそうですね」

ホテルのロビーで〝石積み〟をしていたスモーカーは、最後の一つを今まさにのせようとしていたところだったが、せっかく積み上げた塔はたしぎが飛び込んできた振動でガラガラと景気よく崩れ落ちてしまった。こういうのは自分に向かないと知りつつ時々挑戦するのだが、立場上来客が多いせいか毎回いいところで邪魔が入る。

　当のたしぎは、散らばった石には目もくれず、

「すぐにでも突入しますか？」

　と、真剣な表情でスモーカーに詰め寄った。

「……いや、明日の午後まで待つ。偵察に出した連中の話を聞く限り、どうもまだ全員そろってねェらしい」

「しかし……明日の午後になったからといって、全員そろうという保証はないのでは？」

「ついさっき、島内の飯屋に〝アポ〟があったそうだ。明日の午後三時に全員で行くから、荒らされたくなけりゃ酒と食事を用意しとけってな」

「……」

　向こうから雁首《がんくび》をそろえて出向いてくるというのだから海軍にとっては好都合《こうつごう》だが――要求内容のあまりのせこさに、たしぎは改めて怒《いか》りを覚えた。連中はこうしてチマチマと島民から小金を巻き上げてきたのだ。そして海軍は、事態をこれまでずっと看過《かんか》し続けてきた。

どうしていつもこうなのだろう。アラバスタの時もパンクハザードでも、たしぎたちは麦わらの一味に出遅れた。クロコダイルやシーザーの悪意を打ち砕いたのもまた彼らで、海軍である自分はどこか蚊帳《かや》の外に置かれているようだった。

「結局――私たちは、人々が被害を受けてから動くことしかできないんですね」

　思わず上司に悔しさをぶつけてしまったたしぎに、スモーカーは何も言わなかった。

　その夜、たしぎは明日に備《そな》えて〝時雨〟を磨き直した。本当はプロに磨いてもらいたいのだが、残念ながらこの小さな島には武器屋などないので自分でやるしかない。

直刃《すぐは》をクロスで丁寧に擦《こす》り刀身を光に透《す》かすと、刃境《はざかい》が含む小さな光の粒が霧の中に射す光のようにきらきらと乱反射した。何度見ても飽きない景色に、「はァ……」と胸の奥からため息が漏《も》れる。

〝時雨〟の手入れをしていると、心が落ち着いた。多忙な海軍の業務からいっとき心が離れ、穏やかな気持ちになれる。

　うっとりと刀を見つめていると、コンコンと部屋のドアがノックされて、アトリが控えめに顔をのぞかせた。

「たしぎちゃん、こんな夜中にごめんな。ちょっと緊急で……」

「どうかしましたか？」

たしぎが招き入れると、アトリはそわそわと落ち着かなげな様子《ようす》で切り出した。

「いやね、ヒワの親から連絡があってさ……この時間になっても、家に帰ってきてないって。昼間たしぎちゃんに稽古つけてもらってるのを見たってやつがいたから、もしかしてまだ一緒なんじゃねェかと思って来たんだけど」

アトリはポリポリと頭をかいた。

「いや、こんな遅くまで稽古してるわけねェよな。でも竹刀も持って出たままだって言うから、もしかしてって……」

「竹刀も？」

たしぎが最後にヒワを見たのは、今日の午後だ。海賊たちについての報告を聞いている間に、いつの間にかいなくなっていた。

——私ね、アトリを傷つけた海賊どもを追い払ってやるの！

そう息巻いていたヒワが、もし報告の内容を聞いていたとしたら。

「まさか……」

たしぎは表情を強張《こわば》らせた。ヒワは海賊たちの居所を知って、アトリの敵討ちに行ったのかもしれない。

「ごめんな、たしぎちゃん。夜中に邪魔して。ヒワのやつ、多分まだどっかで遊んでるんだ。けろっとした顔で戻ってくるかもしれないし、明日の朝まで待ってみるよ」

「ヒワの居場所なら……心当たりがあります」

「え？」

「明日では間に合わないかもしれません」

たしぎは、時雨を鞘に収めて腰に差すと、ジャケットを羽織《はお》った。

「アトリさん、スモーカーさんに伝言をお願いできますか？　明日の午後まで待てない理由ができました、と」

船着き場のある港から海沿いを歩くと、三十分ほどで崖《がけ》に囲まれた小さな入江に出た。

昔はこの辺《あた》りまで船が出入りしていたらしく、今は使われていないらしい古い建物が湾を囲むように建ち並んでいる。その一角に一つだけ、不自然に明かりの灯《とも》った商館があった。窓には一応目張りがされているものの、隙間《すきま》から光が漏れている。ここが海賊たちの根城だろう。

たしぎは建物を見上げ、耳を澄ませた。三階の突き当たりにある部屋から、かすかに話し声が聞こえてくる。そこそこの人数がいるようだが、子供の声はしない。

一応ドアベルを押してみたが案《あん》の定《じょう》、故障していて鳴らなかったので、たしぎはトントンと入口の扉をノックした。

「すみませーん。どなたか、いらっしゃいませんか？」

しばらく待つと扉が細く開いて、痩《や》せた男が不愛想に顔をのぞかせた。

「……あんた、誰。何の用？」

「夜分にすみません。女の子を探してるんですが、もしかしてこちらにお邪魔していませんか？　今日の午後から行方《ゆくえ》不明になっていて……これくらいの背丈《せたけ》で、竹刀を持っているはずなんですけど」

男はうさんくさそうに、たしぎの顔をジロリと眺めた。

「あんた、その子の身内か何か？」

「はい、え――と、母です」

「あっそう」

男は扉を大きく開けると、たしぎの腕をぐいっと強く引いた。

「入りなよ。あのガキの親にしちゃあ、ずいぶん美人じゃないか」

引き入れられるがまま、たしぎは抵抗せず商館の中に入ると、後ろ手に扉を閉めながら剣の柄で男の胸を押した。

「うおっ」

男がたたらを踏んで、壁に背をつける。間髪《かんはつ》いれず柄の先で顎《あご》を思いきり殴《なぐ》りつけてやると、ゴンと鈍《にぶ》い音がして、男は声もあげずに気絶した。

男の口ぶりからして、ヒワがこの商館にいることは間違いないようだ。

たしぎは薄暗い廊下の先をにらんだ。

突き当たりにある階段から、かすかに光が漏れている。

三階かな。

階段を昇りかけるが、人の気配がしたのですぐに引き返した。降りてきた男を手すりの陰《かげ》に隠れて待《ま》ち伏《ぶ》せ、鞘に入れたままの刀で胸を打つ。たちまち昏倒《こんとう》した男を手際《てぎわ》よく階

下に転がすと、たしぎはネコのように足音を殺して階段を昇り始めた。

予想通り、男たちは三階の突き当たりにある部屋にいた。酒盛りをしている話し声が聞こえてくる。

――うめェメシも酒もただ同然で手に入るなんて、おれたちいい島を見つけましたよねェ。田舎者の島民どもは、みーんな言いなり。

――まったくだ。そこにいるガキなんて、わざわざ一人で乗り込んでくるしよ。まだ子供だから、きっと高く売れるぞ。

ヒワがいる。

確信した瞬間、たしぎは扉を肩で押し開けた。

「あなたたち！　全員、武器を捨ててその場に膝《ひざ》をつきなさい！」

ヒワはロープで縛《しば》られて、部屋の隅《すみ》に転がされていた。室内にいる海賊たちは、全部で十人ほどだ。

「な、なんだてめェは！」

「どっから入った！」

男たちが泡を食って立ち上がる。不意打ちの利を生かせば有利に戦えただろうが、たし

ぎはそうはせず、男たちと真正面から対峙《たいじ》すると、

「海軍です。投降してください」

と、警告して〝時雨〟の剣先を向けた。

「抵抗しなければ、痛い目には遭わせません」

「何だと⁉　おれたちァ海軍に包囲されてんのか⁉」

男の一人が駆けていき、窓の外から首を突き出して外の様子を窺《うかが》った。しかし、館の周囲はしんと静まり返っている。

「おい！　外には誰もいねェぞ！」

「ここにいるのは、私一人です」

男たちは不可解そうに顔を見合わせた。これだけの人数を相手に、女一人で乗り込んできて何ができるというのだろう——まして、こんなにトロそうな女が。多勢に無勢を承知で来たのなら、軽率《けいそつ》さはヒワとたいして変わらないではないか。

「たしぎちゃん、なんで来たの⁉」

床《ゆか》に転がされたまま、ヒワが悲鳴のように叫んだ。

「弱いんだから、一人で来たら意味ないじゃん！」

「その通りだよ。あんたたち二人とも、おれらをなめすぎだ」

　低い声で言い、一番手前にいた男が小刀《しょうとう》を抜いた。乗り込んできたのがたしぎ一人とわかり、俄《にわ》かに目が輝いている。ほかの男たちも、刀やらナイフやらそれぞれの武器を手に、たしぎの方へと一歩ずつ近づいた。

「てめェこそ、痛い思いをしたくなきゃ、大人しく――……」

　言いかけた男の視界から、不意にたしぎが消えた。おやと思った次の瞬間には、なぜか目の前にいる。

「ん？」

　短くつぶやいた直後、磨き抜かれた美しい刀身が、夜空のように目の前に広がった。何がなんだかわからないまま時雨の一太刀《ひとたち》を浴び、男はあっという間に昏倒してしまう。

　たしぎは即座に身体《からだ》を翻《ひるがえ》すと、返す刀で隣にいた男の足をさっと斬《き》り、胸を押した。男はバランスを崩し、周《まわ》りにいた男たちを巻き込んで派手にひっくり返った。
「ええ……」
　ヒワの口が、あんぐりと開く。
　男たちが体勢を立て直そうとする隙に、たしぎはヒワを縛っていたロープをほどきにかかった。

「ありがとう。――ねぇ、たしぎちゃんって、弱いんじゃなかったの？」

「上には上がいるんですよ。いくらでもね」

苦笑いで答えるたしぎの口調はとても穏やかで、つい数秒前に大の男たちをまとめて蹴《け》散《ち》らした女性と同一人物だとはとても思えなかった。しかし、それでも〝上には上がいる〟というのだから、この人は普段、一体どれほどのバケモノたちに囲まれているのだろう。

きっと、たしぎちゃんが弱いんじゃない。周りがヤバすぎるだけだ。

「たしぎちゃん、ごめんね。私……」

「話はあとです。まずはここを脱出しましょう」

言ってるわりに、たしぎはなかなかヒワのロープをほどけずにいた。剣はあんなに強いのに、変なところで不器用らしい。

「おかしいな……この結び目が……」

手間取るたしぎの背後で、ドン！　と室内に銃声が響きわたった。

ヒワがはっと顔を上げると、男の一人が、震えながら銃を構えている。銃弾はたしぎの右肩をかすめたらしく、裂けたジャケットに血が滲んでいた。ヒワは息を呑《の》んだが、たしぎは自分の傷にはちらりと目もくれず、すばやく飛んで男の懐《ふところ》へ入った。

胸を真正面から浅く斬られ、男は銃を握りしめたままその場に倒れていく。飛び道具を出してきても敵《かな》わないことを悟《さと》り、残された男たちはいよいよ青ざめた。

「ダメだ……この女、マジで強いぞ」

「戦うだけ無駄だ！　逃げろ！」

口々に言いながら、我先にと部屋から飛び出していく。

たしぎの肩の傷からは血が細く流れて、床にぽつぽつと血だまりを作っていた。すごく痛そう――そう思ったら視界が滲んで、ヒワの目に涙があふれた。

「たしぎちゃん、ケガ……ごめんね、私のせいで」

たしぎが怪我をしたのは、たった一人で海賊の根城に乗り込んできた自分の無謀《むぼう》さのせいだ。でも、ヒワは悔しかったのだ。海賊たちの居所がわかったのに、何もせずにいるなんて耐えられなかった。

「何もできない自分をはがゆく思う、あなたの気持ちは私にもよくわかります」

唇を噛んですすり泣くヒワの頭を、たしぎはそっと撫《な》でた。

「泣くほどの悔しさを晴らしたいのなら、同じ理不尽《りふじん》を味わう人を一人でも減らしたいと思うなら――」

「おい！　剣をしまえ！」

背後で、男の声がした。

振り返ると、さっき逃げていった男の一人が、足を震わせながら部屋の入口に立っている。どういう心境の変化か、わざわざ戻ってきたらしい。

たしぎはトンと地面を蹴り、男に斬りかかった。刀身が胴を切り裂くかと見えた寸前、男が勢いよく上着を脱ぎ、たしぎはピクリと動きを止めた。

男の身体には、数珠《じゅず》つなぎにした小型の爆弾がぐるりと巻き付けられていたのだ。

「……おれは逃げるなんてごめんだ！　このまま海軍に捕まるくらいなら、お前らもろとも死んでやる！　本気だぞ！」

喚《わめ》きながら、男はライターの火を振りかざした。

爆弾が本物かどうか判断がつかず、たしぎはひとまず後ずさって男から距離を取った。

仮に本物だったとして、着火されたら、こんな商館など跡形《あとかた》もなく吹き飛んでしまうだろう。

まぁ爆弾の形状から見て、本物である可能性は限りなく低いか——と、見当をつけられるのは、たしぎが場数を踏んだ海軍大佐であるからだ。子供のヒワの目には本物に見えている。

「たしぎちゃん……どうしよう……」

ヒワは身体を震わせ、涙声でつぶやいた。

「さぁ、死にたくなかったらさっさとその剣をしまえ」

男は、これ見よがしにライターの炎を掲《かか》げながら、じりじりとたしぎの方へ迫ってくる。

たしぎは小さくため息をつくと、ヒュッと軽く剣をふるった。軽い動作だったが、巻き起こった剣圧はすさまじい。まるでつむじ風のように室内を吹き荒れ、窓ガラスがガシャンと音を立てて砕け散った。

「おい⁉　てめェ、どういうつもりだ‼」

「あ、すみません。刀をしまう前に、血を払いたくて」

たしぎはやんわりと謝りながら、カチンと音を立てて刀を鞘に収める。

「脅《おど》かしやがって……二度と勝手な真似《まね》はするなよ。——さあ、その刀をこっちによこしな」

男がたしぎに向かって右手を出す。

と、その右手に、煙がまとわりついた。

……煙？

「え？」

いつの間にか、真っ白い煙が割れた窓から入ってきて、部屋中を漂っている。

男の右手にまとわりついた煙は、まるで意志を持った生き物のように細く伸び、胴体にまで絡《から》みついた。

「な、なんだこりゃぁ⁉」

男は身体をよじったが、もがけばもがくほど、煙は蛇《へび》のごとく男の身体全体を締《し》めつけていく。強く圧迫され、男の顔色はみるみるドス黒くなっていった。

「ク……クソッ……」

力の抜けた男の手から、ライターがカシャンと床に落ちる。

男の背後で煙がゆらりと不自然に揺れ、人の形になり、そして本物の人間へと姿を変えた。モクモクの実の能力者——白猟《はくりょう》のスモーカーだ。

スモーカーは、落ちたライターを靴の先で踏んで消火すると、男の身体に巻かれた爆弾

を乱暴にはぎ取った。

「偽物《にせもの》だな」

短く言うと、ぐったりしている男に向かって雑に声をかける。

「おい、観念しとけ。お前ら逃げられねェぞ」

「スモーカーさん、その人もう意識ないです」

たしぎに指摘され、スモーカーは、「あァ？」と爆弾男の顔をのぞきこんだ。意識を失っているのを確認すると煙を解き、ぼとっと床に落としておく。

たしぎが窓を切り、そこから侵入した煙が実は人間で、爆弾男を拘束《こうそく》した――という、一連の流れを、ヒワは信じられない気持ちで眺めていた。

「すご……あの人、煙になれるんだ……」

噂《うわさ》に聞いたことがある、悪魔の実の能力者というやつだろうか。本物を見たのは初めてだ。

身体を白煙に変えて海賊を猟《か》るなんて、スゴすぎる……！

ヒワが目を見張っていると、当のスモーカーがいきなり真隣にやって来てしゃがみこんだ。いかつい顔に驚いて思わずビクリと身体をすくめたが、ヒワを縛るロープをほどこうとしてくれているだけのようだ。

「あ、スモーカーさん、私がやります。その結び目、すごく複雑なので……」

たしぎが声をかけた時には、スモーカーはすでに器用にロープをほどき終えている。ジロリとにらんだ視線の流れのまま、たしぎの肩の傷に目を留《と》めて、スモーカーはますます眉間《みけん》のシワを深くした。

「どんだけトロいんだ、てめェは。怪我してんじゃねェよ、こんな雑魚《ざこ》相手に」

「すみません」

素直に謝るたしぎの上着の裾を引き、ヒワはおずおずと声をかけた。

「ねえ、たしぎちゃん。この顔の怖《こわ》いおじさん、何者なの？」

「私の上司ですよ」

「えっ」

じゃあ、この人も海軍なんだ……。

ヒワはぱちぱちと瞬《まばた》きして、スモーカーとたしぎの顔を見《み》比《くら》べた。

——なんだ。海軍って、めちゃめちゃ頼りになるんじゃん。

たしぎは船のデッキに立ち、遠ざかっていく小さな島のシルエットを眺めていた。

出港から、そろそろ一時間。桟橋《さんばし》で竹刀を降り続けていた小さな人影はもうすっかり見えなくなったが、船内に戻るのはまだなんとなく名残《なごり》惜しい。

潮風に前髪をなぶられるがまま手すりにもたれていると、葉巻を二本も咥《くわ》え込《こ》んだスモーカーがデッキに出てきた。

「なんでわざわざおれを呼んだ」

「え？　何のことです？」

部下の察しの悪さに少し不機嫌《ふきげん》になりながら、スモーカーは葉巻の煙を吐き出した。

「島で海賊どもを捕らえた時の話だ。あれくらいの連中、お前一人でなんとでもなっただろ」

「えぇ、まぁ、そうかもしれませんが。でも……あの子に自慢したかったんですよ」

「何を」

「私の海軍《チーム》には強い人がたくさんいるんだってことを、です」

たしぎは、散っていく煙の行方を目で追いながら、くしゃっと苦笑いした。

「悔しいじゃないですか。海軍は役立たずなんて言われたら」

「お前は海軍《ウチ》に夢を見すぎだ。あの島に海軍の目は行き届いてなかった。実際、あの嬢ちゃんだって失望してたんだろ」

「今はもう違います」

「あん？」

たしぎは、腰に差した〝時雨〟にそっと触れた。

きっとあの子は、まだまだ強くなる。そして、〝悪〟が強いこの時代に〝正義〟を求める心があるのなら、所属すべき場所は一つしかない。

「きっとヒワには、新しい夢ができたはずですよ」


「あーあ、行っちゃった」

ヒワは港に立ち、竹刀を振りながら、たしぎたちを乗せた船が水平線の彼方《かなた》に消えていくのを見守っていた。

「お前な、見送るか稽古するかどっちかにしろよ」

落ち着きのないヒワに、アトリがあきれて声をかける。

「だって、両方同時にやった方が効率的だもん。半日でも休んだらダメなんだよ、腕がなまっちゃうんだって」

「別になまったっていいだろ。海軍のおかげで、この島もやっと平和になったんだ」

「でも、新しい目標ができたから」

「目標？」

ヒワは、重心を低く保つと、構えた竹刀の先をまっすぐに見《み》据《す》えた。

海賊たちを蹴散らすたしぎの姿を見ていて、わかったのだ。泣くほどの悔しさを晴らしたいのなら、同じ理不尽を味わう人を一人でも減らしたいと思うなら、どうしたらいいのか――

「私ね、絶対たしぎちゃんみたいに強くなって、将来は海軍に入るの！」

episode:
REIJU
A terrible cook.

国土を持たない海遊国家〝ジェルマ王国〟で暮らしていれば、目にする景色は必然的に海ばかりになる。それでも退屈しないのは、同じ光景が二つとないからだ。波は常《つね》に動き、風は海面を揺らし、陽光は移ろって白波を染める。ひとたび海域を移動すれば、天候どころか季節すら変わる。

ジェルマの王族たるヴィンスモーク家の長女レイジュは、港に突っ立ったまま、積み荷を下ろす小さな商船をぼんやりと眺めていた。頭をよぎるのは、生き別れとなった三番目の弟――サンジのことだ。ずっと昔、ジェルマから脱走した彼が乗り込んでいったのも、ちょうどあれくらいの大きさの船だった。

〝東の海《イーストブルー》〟で彼を逃がした日のことを、レイジュは今でも時々夢に見る。

――ここで…!!　〝東の海《イーストブルー》〟でにげだせば……!!　もう二度とお父さんのかお……!!見なくてすむよね!!!

鉄の仮面の向こう側でぽろぽろと涙を零《こぼ》して訴える弟の姿を見ていたら、そんなつもりはなかったのにどうしようもなくなって、気がついたらレイジュは檻《おり》を捻《ね》じ曲《ま》げてサンジを逃がしていた。

――いい!?　二度とここへ戻っちゃダメよ!!!　海は広い…いつか必ず優しい人達に会えるから!!!

そう言い聞かせながら自分まで涙を流していた理由が、レイジュはいまだによくわからない。父親に傷つけられ「汚点」とまで呼ばれた弟に同情したのか、ここで別れたらきっともう二度と会えないだろうことが悲しかったのか。あるいは、鉄格子《てつごうし》の中で飼われる弟の姿をもう見たくなくて、自分の罪悪感のために泣いていただけだったのかもしれない。

なにしろ自分はサンジみたいに優しくない。意識を失うまで殴《なぐ》られパンパンに顔を腫《は》らしたサンジの治療はしても、イチジたちの行為を止めようとはしなかった。サンジにとって自分は敵ではなかったかもしれないが、かといって味方でもなかっただろう。

あの時サンジを逃がした自分の行為が、彼を救ったのかどうかはわからない。本当は大切に思っていた弟に、これ以上傷ついてほしくなくて、無責任なことを言ってしまった。いつか必ず優しい人たちに会える、なんて、そんな保証はどこにもない。確かに海は広いけど。

レイジュは改めて、遠く続く水平線に視線を投げた。

そう。

海は広い。

それに比《くら》べて、人は小さく無力だ。まして嵐《あらし》に遭遇すれば、ちっぽけな船はたちまち舵《かじ》を取られ、航路を見失ってしまう。

たとえ、ジェルマの科学力をもってしても。

「……来ねェな」

ザザーン……──ザザーン……──

寄せては返す波音の合間、隣にいたニジがぽつりとつぶやいた。

とある小国の依頼により、レイジュと三人の弟たちが顔をそろえて外交会談に同席した帰路。依頼主の所持する小さな帆船《はんせん》では危険海域の送迎に耐えられないというので、途中の港でジェルマがよこす船に乗り換える手はずになっていた……のだが、約束の時間をとうに過ぎても、迎えの船は現れない。一時間ほど前、「嵐に遭遇したため出航が遅れる」と連絡が来たきり、電伝虫《でんでんむし》の通信は一向に回復していなかった。

「王族たるおれたちが、こんな港で待ちぼうけを食らっていい道理がない」

仁王立《におうだ》ちに腕組みをしたイチジがエラそうに言えば、ニジも「もう待てねェ。おれは腹が減った」と、胸を張る。

「嵐はそろそろ治《おさ》まるはずだが、今から出航したのでは、こちらに到着するのはさらに数時間後だ。そこらへんの船をもらって、おれたちだけで出航しよう」

ヨンジが言い、三人は港に停泊中の小さな商船にスッと視線を向けた。小さいが頑丈《がんじょう》そうな、良い船だ。あれを奪うということで、どうやら意見がまとまったらしい。

「はァ……」

レイジュは小さくため息をついた。

血統因子の操作によって〝情〟を持たずに生まれてきたこの一卵性多生児たちは、小さな頃から大変に気が合った。彼らの思考はいつでもシンプルだ。王族たる矜持《きょうじ》を強く持ち、世界の中心は常に自分たち。強いやつがえらくて、弱いやつはえらくない。多数弱者の一般人が王族である自分たちに船を提供するのは当然のことと、純粋な心で信じきっていることだろう。レイジュが何を言ったところで、彼らが聞く耳を持つはずがないのだった。

イチジたちが目をつけた商船の乗組員は、相手があのジェルマの王族だと知るや否《いな》や、揉《も》み手《で》をせんばかりの勢いで大事な船を差し出してくれた。

「困った時はお互い様ですから！　どうぞ私たちの船をお使いください！」

「そうか、悪いな。船の代金は後からジェルマに請求してくれ」

「なんだよ、無理やり奪おうと思ってたのに話のわかる連中だな」

「まったくだ。略奪の手間が省《はぶ》けて良かった」

無邪気に言いながら、三人の弟たちはウキウキで商船に乗り込んでいく。その後ろを、レイジュは無言でついて歩いた。船を差し出した船員たちの笑顔はどう見ても強張《こわば》っていたが、彼らの心の裏側を推《お》し量《はか》れるほどの繊細《せんさい》さをイチジもニジもヨンジも持っていない。大事な商船を失う羽目《はめ》になった船長はもちろん気の毒だが、一番の被害者はジェルマまで彼らと同行する羽目になってしまった航海士の男性だろう。

「おい、もっとスピードは出ないのか！」

出航するや否やイチジに怒鳴《どな》られて、航海士はびくりと肩をすくめた。

「は、はい！　すでに追い風を受けていますし、これ以上は……」

「海の上を歩いたってもう少しスピードが出るぞ。こんなに遅《おせ》ェ船は初めてだ」

ぶつくさ言うニジを、レイジュはため息まじりにたしなめた。

「〝赤い土の大陸《レッドライン》〟の壁さえ這《は》い上《あ》がれる機能を備《そな》えたジェルマの船の方が特別なの。一般の商船のスピードはこんなものよ」

「しょせんは庶民の船ということか。不便なものだな」

予定通りに船が来ていれば、今頃とっくにジェルマに着いて昼食を取っているはずの時間帯だ。

「……しまった」

ぐー、と腹の虫を鳴かせながら、ヨンジがぽつりとつぶやいた。

「コックがいないな」

かくして一行は、これまでの人生で一度たりとも興味を抱《いだ》いたことのない場所へと足を踏み入れることになった。

——すなわち、厨房《ちゅうぼう》へと。

「締《し》まらないな。王には王たる条理がある。王族たる我々が炊事場に足を踏み入れるなど本来あってはならぬこと」と、イチジ。

「まったくだ。おれたちはエラい。こんな緊急事態でもなきゃ王族がメシ炊《た》きなんかしねエ」と、ニジ。

「時と場合によっては、自《みずか》らのために腕を振るうこともまたやむを得まい。王族として遺《い》憾《かん》ではあるがな」と、ヨンジ。

王族王族うるさいが、要は腹が減ったから何か作りたいらしい。

こいつらに、料理なんてできるのかしら……。

首をひねりつつ、レイジュも三人と一緒に厨房へと入る。

厨房は思いのほか広く、中央には広めのカウンターキッチンが二台も設置されていた。ところどころ古びて、天井には落ちない油の染《し》みが滲《にじ》んでいるが、室内はきれいに片付いている。コックが日頃から丁寧に手入れをしていることが見て取れた。

「そういやよ、昔サンジって弟がいただろ。あいつ、料理が好きだったよな」

「あー、そんなやついたなあ。鈍《どん》くさいやつだった」

「父上があいつを探してるらしいぞ。手配書が回ってたとか」

イチジたちがサンジの名前を口にするなんて、いつ以来のことだろう。出来損《できそこ》ないの彼のことを「殴って泣かせるおもちゃ」程度にしか思っていなかった彼らが、その存在を思い出すのは、とてもとても珍しいことだった。

父のヴィンスモーク・ジャッジが今さらサンジを探し始めたのは、ビッグ・マムの娘と結婚させるためらしい。ビッグ・マムの情報提供により、サンジの行方《ゆくえ》ははっきりとわかっている。〝東の海《イーストブルー》〟にある「バラティエ」とかいうレストランで働いたのち、今は〝麦わらの一味〟の船でコックをしているとか。船長のモンキー・D・ルフィは〝最悪の世代〟として括《くく》られる超新星《スーパールーキー》に数えられているそうだが、その船に乗るサンジも多少は腕を上げているのだろうか——

いや、そんなわけない、とレイジュは自分の考えを一笑に付した。

泣き虫だったサンジはきっと、今でもあの頃のままに決まってる。そもそも戦闘員じゃなくて、ただのコックだし。

いずれにしても、ジャッジがいくら探そうと、サンジがこの国に帰ってくるはずがなかった。彼にとってジェルマは、「二度と思い出したくもない場所」だ。どんな理由があろうと、戻るはずがない。

「おっ、肉があったぞ」

めぼしいものを求めてあちこちガサゴソとあさっていたイチジは、冷蔵庫の中から、薄い桜色をした塊肉《かたまりにく》を取り出してきた。ラベルには『ブロックコリー・ポーク』と書かれている。

「ブロックコリーっていやあ、おれとニジが今度ジェルマの兵士と共に介入《かいにゅう》することになってる国の名前だな。レイジュ、知ってるか？」

「ああ、あの国は養豚《ようとん》が有名なのよ。やわらかい肉質になるよう品種改良されてるって、新聞で読んだことがあるわ」

「なるほどな。血統因子を操作されて生まれてきたおれたちみてェなもんか」

言った次の瞬間、イチジは手の中の塊肉を勢いよく床《ゆか》に叩《たた》きつけた。

「なんだァ⁉　ブタ肉ごときが、王たるヴィンスモーク家に肩を並べる気か⁉」

「あんたが自分で言ったんでしょ」

イチジはすっかり憤慨《ふんがい》した表情で「もういい」と踵《きびす》を返した。

「肉はやめだ。魚を釣りに行く」

「釣竿《つりざお》がないわよ」

「いらん。レイドスーツがあれば魚くらい、いくらでも獲《と》れる」

　そう言い残すと、さっさと厨房を出ていってしまう。ジェルマの科学力を結集したレイドスーツで魚獲りとは、開発者も想定外の使用法だろう。

　一方、ニジとヨンジは、行儀悪くカウンターの上に座って、戸棚で見つけたレシピ本をぱらぱらとめくっている。

「イチジが魚を釣るなら、おれはデザートだな。チョコでも作ろうか」

　上機嫌《じょうきげん》で言いながら、ニジは生チョコレートの作り方が紹介されたページを開いた。彼はチョコレートが大好物なのだ。おやつにたらふく食べすぎて、夕食を残している現場を、レイジュはしばしば目撃している。

「何があれば作れるんだ？　――生クリームに、ココアパウダーに……はァ？　チョコレートだと？」

　材料に目を通して、ニジはさっと顔色を変えた。

「チョコを作る材料にチョコレートってどういうことだ？　チョコがすでにあるなら、わざわざチョコを作る必要はねェだろうが。おいレイジュ、この本の作者はバカなのか？」

「……チョコレートをイチから作るには、それなりの設備が必要なのよ。豆から作るのは素人《しろうと》には無理だから、市販のチョコレートを買ってきて溶かして使うの」

「は？　チョコを作るためにチョコを用意して、それをわざわざ溶かすってのか？　そりゃ何の罰ゲームだ？　おれはそんな無駄なことはしないぞ。チョコがあるなら、それをそのまま食う！」

そう宣言すると、ニジはチョコレートを求めて颯爽《さつそう》と食料庫の中へと入っていく。

「ではおれはパンを作ろう。簡単そうだからな」

ぱたんとレシピ本を閉じると、ヨンジもニジのあとを追って、パン作りの材料を取りに向かった。

「簡単そうだから、ねえ……」

本当にそうだといいけど。

一人つぶやいて、レイジュは小さく肩をすくめた。あの無神経で鼻持ちならない弟たちが一体どんな料理を作るのか、怖《こわ》いもの見たさはあるが、どうせロクな結果にはならないだろう。王家に生まれたその日から最高級の料理ばかりを一方的に与えられ、自分ではリンゴ一つまともに剝《む》いたことのない連中だ。レイジュも含め。

「何か……私でも作れそうなものはないかしら……」

冷蔵庫を開けると、卵が並んでいるのが目についた。

「……卵焼き、とかなら。いけるかしら」

そういえば、昔、母のソラが読んでくれた絵本に、ペンギンが卵焼きを作る話があった。卵を割ってかき混ぜて、お砂糖を少しだけ入れて、フライパンでうすーく焼くのだ。火が通ったらくるくる巻いて出来上がり。ペンギンに作れたのだから、料理初心者のレイジュにもできそうな気がする。

よし。卵焼きを作ろう。

決意して、レイジュは卵を一つ手に取った。コンコン、と慎重にカウンターの角《かど》に打ちつけ、出来たヒビに指を添える。ぱかっと殻《から》を割ると、透明な白身に包まれた丸い黄身が、つるんとボウルの真ん中に着地した。

「……初めてなのに、いい感じだわ」

自画自賛して次の工程へ移ろうとしたところで、弟の慌《あわ》てた声が厨房に響いた。

「おい、レイジュ来てくれ！　大変だ！」

見るとヨンジは両手を小麦粉まみれにしながら、ボウルの中のパン生地《きじ》を必死にこねく

りまわしている。

「何よ。どうしたの」

「レシピ本通りにやってるのにうまくいかねーんだよ。こうしてこねてるうちに生地が二倍の量になるらしいんだが、いくらやっても変わらねェ」

「ここに書いてある材料は全部入れたの？」

「大体入れたが、そのイースト菌ってやつは入れてねェな」

「なんで」

「たったの3gだろ？　3gなんて、ないも同然だ。なくたって構わねェだろ」

「アホか！」

レイジュは思わず、目を三角にしてヨンジを殴っていた。

「本当に必要ないんだったらそもそも書かないでしょ。書いてある材料はちゃんと全部入れなさいよ」

「レイジュ、痛かったんじゃないか」

「痛かったわよ」

レイジュはじんじん痛む右手を撫《な》でた。鋼鉄の外骨格《がいこっかく》を忘れて、ついヨンジの顔面を本

気で殴ってしまった。

「とにかく！　イースト菌3g、ちゃんと計って入れなさい。話はそれからよ」

「いや3gなんてないも同然だろ。それなら入れなくたって……」

「いいから！　入れて！」

ぴしゃりと言って卵焼き作りに戻ろうとすると、今度は魚を釣りに行ったはずのイチジが厨房に戻ってきた。

「レイジュ！　魚が釣れたんだが、毒がないか見てくれ。デカすぎて厨房に入りきらないから、甲板《かんぱん》に置いてある」

あーもう、さっきから邪魔ばかり入る。

イライラしつつ甲板に出ると、くすんだピンク色をした巨大な魚がぴちぴちと跳《は》ねていた。

「熱々海《ねつねつかい》に生息するフラミンゴサーモンね。毒はないから焼けば食べられると思うけど、小骨が多いわよ。イチジ、あんた捌《さば》けるの？」

「この私が魚の解体などに動じると思うか？」

「……知らないけど。まあ、頑張って」

レイジュは厨房に戻り、ようやく卵焼き作りを再開した。母が読んでくれた絵本では、確か割った卵をボウルの中でかき混ぜていたはずだ。

　泡だて器を探してきてカシャカシャやってみると、白身と黄身が空気をたっぷり含んで混ぜ合わさり、やさしいパステルイエローに色を変えた。

「あら……」

　色や質感の変化が嬉《うれ》しくて、つい顔がほころんだ。さっきから、なんだかいい感じだわ。もしかして私って、料理の才能があるのかも。

「おい、レイジュ!!」

　せっかくうまくいっていたのに、またもヨンジに水を差される。レイジュはチッと舌打ちして振り返った。

「何よ」

「イースト菌を入れてもだめなんだ。この本の写真みたいに、もっちりしねー」

　ヨンジが指さした写真のパン生地は、確かに団子状に固まっている。しかし、ヨンジがこねているパン生地はゆるいままだ。

　レシピ本の説明を一瞥《いちべつ》してすぐに事情を察し、レイジュはため息をついた。

「……多分、温度が足《た》りないんだわ。あんた鋼鉄の外骨格だから、手が冷たいでしょ。イースト菌が発酵《はっこう》を始める温度にならないのよ」

「はー？　なんだよ、じゃあおれにパンは作れねェってことか」

「湯煎《ゆせん》で温度を上げるとか、色々やりようはあるでしょ」

「シラける話だな。大体、パン一つ作るのにどうして微生物ごときの力を借りなきゃなんねーんだ？」

　ヨンジが怒っていると、イチジが厨房に戻ってきた。先ほど釣ったフラミンゴサーモンを捌き終えたのかと思いきや、手ぶらだ。

「さっきの魚はどうしたのよ？」

「開いてみたら小骨が結構あってな。面倒だったので海に捨てた。それから何匹か別の魚が釣れたが、どいつもこいつも細かい骨が」

「骨のない魚なんてないわよ」

「おれはチマチマした作業はしないんだ」

　どうやらイチジは、釣りも料理もあきらめたらしい。ヨンジもパン作りにすっかり飽きたようだ。

――まぁ、こうなると思ってたけど。

はァ、とレイジュがため息をついていると、食料庫の中からニジが出てきた。ゴソゴソとチョコレートを探している様子《ようす》がずっと視界の端に見えてはいたが、どうやら彼もまた、途中であきらめて出てきたらしい。

「なんだ、イチジもヨンジも料理はやめたのか」

「ああ。全く何もかもが面倒でな」

「やはり王族が料理などするものではない」

はははと笑うと、ヨンジは作りかけのパン生地をあっけなくゴミ箱に放り込み、続けてレイジュの溶き卵入りのボウルを掴《つか》んだ。

「これも捨てるぞ」

「あっ、ちょっと……」

レイジュが止める間もなく、溶き卵はあっという間に、シンクに流されてしまう。

「……海の上なんだから、食材はもっと大事に……」

「ん？　何か言ったか、レイジュ」

言っても無駄だ。レイジュはすぐに「なんでもないわよ」と首を振った。

「しかし、腹はすいたな。どうするか」

「自分たちで料理をするくらいなら、遠回りになっても近くの港に寄った方がまだ手間がかからないんじゃないか？」

「同感だ。もう料理はこりごりだからな」

その時、コンコンとノックの音が厨房に響いた。おどおどと顔を出したのは、航海士の男性だ。

「あの、まもなくジェルマに到着しますが……」


ようやくジェルマに帰還したレイジュたちを出迎えたのは、そろって同じ顔をした大量生産の兵士たちだった。

「レイジュ様！　イチジ様！　ニジ様！　ヨンジ様～！」

「お帰りなさいませェ!!」

「船旅ご苦労様です!!」

颯爽と港に降り立った弟たちは、兵士たちの歓声を全身に浴びながら、威厳たっぷりに胸を張って歩いていく。海風がどれだけ吹きつけても、強固にセットされたヘアスタイルは一糸《いっし》とて乱れない。

先頭を歩いていたイチジは、料理長を見つけるなりハッとして足を止めた。

「おい、コゼット！」

「は、はい！」

「食事の準備は出来てるんだろうな⁉」

「も、もちろんでございます！」

弟たちの空腹は限界に近い。

晩餐《ばんさん》室に直行していく彼らを後目《しりめ》にレイジュは自室に戻り、船旅で汚れた服を着替え、シャワーを浴びた。肌《はだ》や髪のケアをして一息ついてから晩餐室に向かうと、弟たちはあらかた食事を終え、もうすぐ軍事介入する予定のブロックコリーがどうだのビッグ・マムとの結婚式がどうだのと話に夢中になりながら、デザートのスコーンにクロテッドクリームをべたべた塗りたくり無造作に口の中へと放り込んでいる。仮にも王族なので外での作法やマナーは身に着いているが、身内しかいない場所では食材にも料理人にも全く敬意を払わない。

「レイジュ様。今、お食事のご用意をしますね」

メイドたちは、甲斐甲斐《かいがい》しく椅子《いす》を引いてレイジュを座らせると、レイジュが最近お気に入りの炭酸水をグラスにそそぎ、パンの入ったバスケットを音もなく置いた。バター、リエット、オイルと塩、そしてさまざまな種類のジャムが、レイジュ一人のために次々とテーブルの上に並べられていく。

小さなパンは焼き立てで、じんわりとあたたかかった。ちぎって口の中に入れると、小麦粉のほのかな甘みが口の中に広がった。厨房にいる料理人の誰かが、イースト菌の力を借りて手ずからこねたのだろう。

そうしている間にも、料理の皿が手際《てぎわ》よくレイジュの前に並べられていく。前菜、スープ、サラダ、そして魚料理。

「本日の魚料理はヨロイオコゼのポアレでございます」

レイジュの顔の二倍ほどもある皿を音もなくテーブルに並べながら、メイドが説明をしてくれる。ヨロイオコゼの皮は香ばしく焼けて七色ものソースがかかり、料理人たちによる繊細な作業の積み重ねで出来ているのがわかった。

しかし、ヨロイオコゼは皮に猛毒があるはず。レイジュのような能力を持たない料理人たちは、一体どうやって毒抜きをしたのだろう――？

「ねえ、後片付けしてるとこ、ごめんね。聞きたいことがあるんだけど、ちょっといいかしら」

夜。

レイジュが厨房を訪ねると、皿洗いをしていた若い料理人は、目を見開いて驚いてしまった。

「レイジュ様！　い、いいいい、一体、どのような御用でしょうか？」

「今日出してくれたヨロイオコゼのポアレなんだけど……」

「お口に合いませんでしたか⁉　まさかソースが焦《こ》げていたとか⁉　髪の毛でも入ってましたでしょうか⁉」

「いや、そうじゃなくて……あの、普通に話してくれない？」

「は、はははははいっ！」

王族が相手といえどさすがにビクつきすぎではないかと思うが、日頃の父やイチジたち

の態度を鑑《かんが》みれば致し方ない反応かもしれない。この国で王族が料理人を呼び出すのは、料理に注文《クレーム》をつける時だけだ。

「レイジュ様――どうかなさいましたか？」

　やり取りを聞きつけて、奥の保管庫からエプロンをつけた初老の女性が出てきた。見覚えがある。レイジュが生まれる前からこの厨房で働いている、古株の料理人だ。

「この時間、ここには片付け当番の者しかおりません。私はベリルと申します。料理長のコゼットに御用でしたら今すぐ呼んでまいりますが……」

「いえ、いいわ。ちょっと聞きたいことがあって来ただけだから。今日出してくれたヨロイオコゼって、毒があるわよね。あなたたち、どうやって毒を抜いてるの？」

「ヨロイオコゼの毒抜き法ですか」

　なぜそんなことを気にするのかと不可解そうにしつつ、ベリルは「こちらへどうぞ」と厨房の奥にある分厚い扉を開けた。

　薄暗い部屋の中には、天井まで届きそうなほどのどでかい生け簀《いす》があり、ヨロイオコゼが悠々《ゆうゆう》と泳いでいた。水底には砂利《じゃり》が敷《し》き詰《つ》められ、鮮《あざ》やかな赤色の水草が植えられている。

「ヨロイオコゼとルビーワカメを同じ水の中に入れておくんです。ルビーワカメには、魚の持つ毒を吸い取る性質がありますので、こうしておけば三週間ほどで毒が抜けます。ヨロイオコゼの体表の色が紫から青に変わったら、食べ頃の合図です」

「三週間？」

レイジュは軽く目を開いた。

「そんなにかかるの？　毒があるのは内臓と皮の部分よね。そこを取り除くだけでは、だめなの？」

「そういった方法を取ることもありますが、ヨロイオコゼは皮つきで食べるのが一番おいしいんですよ。それに、魚は死んだ瞬間から鮮度が落ちますから。こうして生け簀の中で完全に毒が抜けた状態にしておいて調理の直前にさっと捌くのが、一番おいしく皆様に提供できるんです」

そこまでしてくれなくていいのに。あいつら、そんなに繊細な味覚なんて持ち合わせてないんだから――喉《のど》まで出かかった言葉を飲み込み、レイジュは「苦労をかけてるわね」とベリルをねぎらった。

「毎日、大変でしょう。弟たちはみんな、偏食がひどいから」

「とんでもない。皆様のお口に合う食事を提供するのが、我々料理人の務めです。少しでも喜んでいただけるよう、日々工夫させていただいておりますよ。例えばイチジ様は野菜がお嫌いですが、細かく刻《きざ》んでハンバーグなどお肉料理に混ぜると気づかずお召し上がりになります」

　子供か。

「ニジ様は、複雑な味付けのものをお好みになりませんので、料理に使うソースなどは極力シンプルにさせていただいています」

　バカか。

「ヨンジ様はぱさぱさした食感が苦手でいらっしゃいますが、食事の間隔があいた時などにお出しすると、空腹の勢いでお召し上がりになることが多いですね」

　犬か。

　心の中で逐一《ちくいち》突っ込みつつ、レイジュはしみじみと弟たちにあきれた。気づかないところで、彼らは料理人たちによって、こんなにも世話を焼かれていたのだ。自分たちがジェルマ66《ダブルシックス》として「平和」を守っている間、厨房の料理人たちもヴィンスモーク家の食卓を守ってくれていたらしい。

「……なるほどね。よくわかったわ」

乾いた声で言うと、レイジュはくるりと踵を返し、厨房の出口に向かって歩き出した。

「片付けの邪魔をしたわ。ごめんね、軽々しく厨房に来たら迷惑だったわね」

「いえいえ、とんでもない。幼い頃のサンジ様も、よくいらしていましたよ」

言ってからベリルははっと口元を押さえたが、もう遅い。レイジュはぴたりと足を止め、驚いて振り返った。

「サンジが？　ここに？」

「いえ！　今のは、その、口が滑《すべ》りまして……！　申《もう》し訳《わけ》ありません！」

「いいの。来るわよね、あの子ならきっと。それで――王族の人間で、厨房に来たことがあるのはサンジだけ？」

「いいえ――あの、ええと」

「母も？」

ベリルは気まずそうに、こくりとうなずいた。

「ソラ様は、お菓子作りがお好きで。ただ……ソラ様がお料理をされることを、ジャッジ様はよく思っておられなかったようですので……」

「ああ、父はそうでしょうね」

「ですので、ジャッジ様がご不在の折にこっそりと、クッキーやフィナンシェなどを作られていました。妊娠中にもよくいらして、いつかお腹の中の子供たちが大きくなったら、一緒にお菓子作りがしたいとおっしゃってましたね」

「へえ……」

　ふいに、見たことのないはずの光景が、レイジュの目の前にくっきりと浮かんだ。小さなサンジが、母のソラと一緒に、この厨房でクッキーを作っている姿だ。サンジは不器用な手つきで、ボウルの中に入った小麦粉やら卵やらをがしゃがしゃとかき回している。ほとんど外にこぼれているのに、ソラは上手《じょうず》上手と嬉しそうにサンジを応援している。そうして歪《いびつ》なクッキーが焼き上がったら、いい匂《にお》いの紅茶を淹《い》れて、二人で楽しそうに食べるのだ。おいしいね、また作りたいねって、笑い合いながら。

　そんなこと、一度もなかったはずなのに。ソラは昔飲んだ劇薬の後遺症でベッドから出ることなんてほとんどできなくて、サンジは冷たい地下室に監禁されていたのだから。
　でも——そういえば以前、生前の母の世話をしていた使用人のエポニーが言っていた。幼いサンジが、雨の中、ソラのためにお弁当を作って持ってきたことがあったと。途中で

転んで落とした上に、雨にも濡れたそのお弁当は、どう考えてもおいしいはずがなかったが、ソラは笑顔で完食したそうだ。きっとそれはやせ我慢などではなくて、母はサンジが作った料理を、本気で、心の底からおいしいと思ったのだろう。

ソラとサンジと一緒に、食事がしてみたかった。一度でいいから。

「ベリル。私ね、これまで食べ物の味とか匂いとか、そういうものを気にせず生きてきたの」

ぽつぽつと話し出しながら、レイジュはヨロイオコゼの泳ぐ水槽をそっと撫でた。ベリルに向けて話しているというよりは、ひとりごとのようなものだ。

「あのだだっ広い晩餐室でお父様や弟たちとテーブルを囲んでも、食べ物を楽しもうなんて気持ちにはなれなかった。食事のことを燃料補給くらいにしか思ってなかったわ。でも、そんなの、もったいなかったわね」

考えてみれば、海の上にいる限り、クルーは常にコックに命を握られている。常日頃、出される料理を何の疑いもなく口に放り込めるのは、コックのことを信じているからだ。

だからサンジもきっと、彼が乗る船のクルーたちから信頼されているのだろう。サンジが相変わらず弱くて泣き虫だったとしても、麦わらの一味の一員として居場所を手に入れているのなら、彼は彼の優しさを認めてくれる仲間に巡り合えたのかもしれない。

——なんて、そんなことを思うのは、あの時サンジを逃がした自分の行動を正当化したいだけかもしれないけど。

今さらサンジのことを気にしている自分がおかしくて、レイジュはフッと軽い笑《え》みを漏《も》らしながら、「0」とナンバーの入ったレイドスーツを取り出した。

「レイジュ様？　何を……」

♪ジェールーマー
どこからともなくＢＧＭが流れ、レイジュの身体《からだ》が光に包まれる。と同時に、着ていた服が溶けるように消え、ピンク色のスーツがレイジュのボディラインを覆《おお》った。蝶《ちょう》の羽根にも似た華《はな》やかなマントが背中に現れたら、ポイズンピンクに変身完了だ。

「今度から、食材の毒抜きをする時は呼びなさい。三週間どころか、三秒で毒抜きしてあげるから」

度肝《どぎも》を抜かれているベリルに向かって言うと、レイジュは水槽を泳ぐヨロイオコゼの背びれをむんずと摑んで取り出し、その唇《くちびる》にちゅっと口づけた。紫色だったヨロイオコゼの皮が、みるみる青色に変わっていく。

——きゅぽ♡　ごっっくん！

あっという間に毒を吸い取ると、レイジュは舌なめずりをしながら、ニヤリと口角《こうかく》を上げた。

「ごち♡」

episode:

UTA

Where the wind goes.

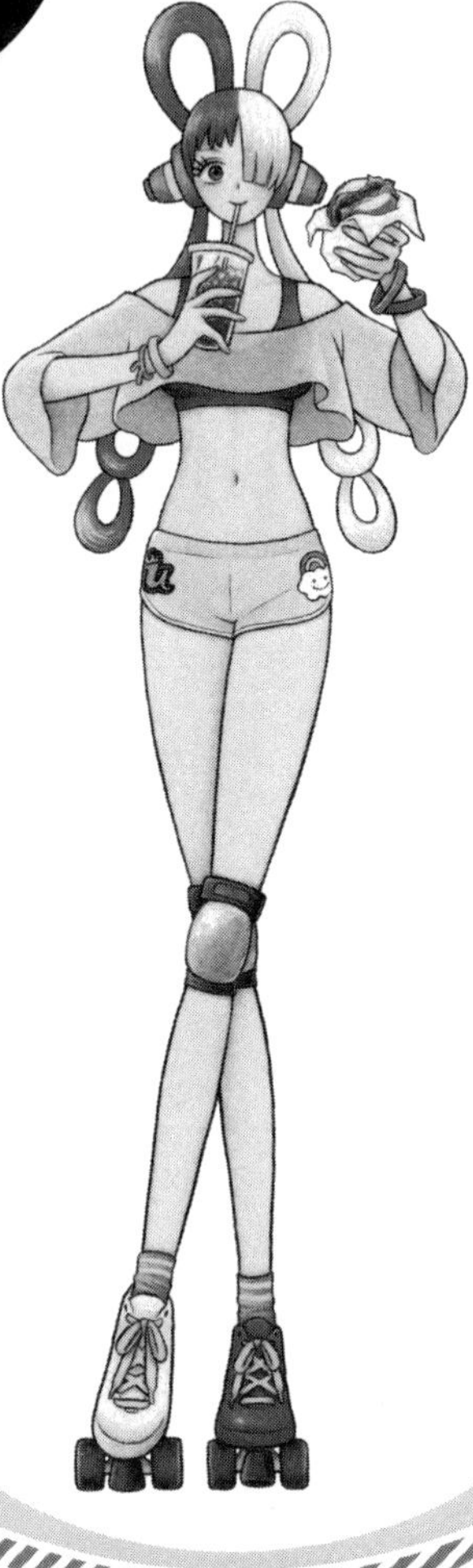

――ねえシャンクス、風はどこから来るの？

幼い頃、父親に投げかけた質問のことを、ウタは懐《なつ》かしく思い出していた。

シャンクスの答えがどうだったかは、もう覚えていない。でも、二人でちょっとだけ特別なことをしたあの夜の、わたあめの繊維の舌触《したざわ》りや、湿った空気の温度は、今でもはっきりと覚えている。頬《ほお》に触れたシャンクスの鎖骨《さこつ》の、ごつごつとした感触も。

あの夜みんなが歌ってくれた曲を、いつかアレンジしようと決めていた。優しい曲にしたいと思った。一緒に過ごした日々は、思い返すたび息が苦しくなる思い出に変わってしまったから、せめてこの曲だけは穏やかで美しい宝物として抱《かか》えていたかった。

〝風のゆくえ〟。

開いたノートの一番上にタイトルを書くと、ウタは目を閉じ、風を感じながら、頭の中に浮かぶメロディを口ずさんだ。

シャンクスと一緒なら、ベッドの上はなんにでもなる。ある時は森の動物たちが集まるティーパーティーの会場に。またある時は、星屑《ほしくず》がぎっしり詰《つ》まった天の川に。昨晩は巨人族が闊歩《かっぽ》する世界の果ての密林で、その前の夜は綺麗《きれい》なお姫様のいる砂漠の国だった。

そして今夜――ここは、獰猛《どうもう》な海王類《かいおうるい》が集まる危険な海だ。

ウタは、頭からシーツをかぶると、「ぐおあ――！」と思いっきり低い声を出した。

「大きいかいおーるいだぞ！　食べちゃうぞ！」

シャンクスも負けじと爪を立てるポーズをして、「グゥワァァァ……！」と唸《うな》り返す。

「おれもでっけェ海王類だ。お前を食べちまうぞ」

「ちがう！　シャンクスはかいおーるいに食いちぎられる、あわれな船人《ふなびと》！」

「なんでだよ。おれにも海王類やらせてくれよ」

「だめー。シャンクスはウタに食べられるの！」

「海賊が縁起でもねェなあ……」

　ぶつぶつ言いながらも、シャンクスはシーツを脱《ぬ》いでごろんとベッドの上に横になった。その腹めがけて、ウタが「ぐおー！」と飛びかかる。

「たべちゃうぞー！　たべちゃうぞー！」

　おへその辺《あた》りにがじがじと歯を立てると、シャンクスは身体《からだ》を曲げてウヒャヒャとくすぐったそうに笑った。その反応が楽しくて、ウタはシャンクスの上を這《は》いずり回ってあちこちくすぐってやった。

　こうして父親とじゃれ合う時間が一番楽しい。海賊船で育ったウタには同年代の友達がいなかったが、シャンクスがたくさん遊んでくれるから、寂《さび》しいと思ったことなんて一度

もなかった。

「じゃあ次は、ウタがぶきみなドラゴンやるから！　シャンクスはあわれな旅人やって！」

「いや、今日はもうおしまい。そろそろ寝る時間だろ」

シャンクスが壁時計の方へ視線を送ると、ウタはわざとらしく目を逸《そ》らした。

「あー。ウタねえ、まだねむくないよ？」

「眠くなくても寝るんだよ、夜は」

「でもねむくないの」

「まぁ、とりあえずベッドには入れ」

「やだ――――ッッッ！」

出たよ。

シャンクスは小さくため息をついた。

最近のウタは、口を開けばイヤイヤばかりだ。

「なんでそんなことゆうの？　シャンクスきらい!!」

「あー、そうかそうか。おれはウタに嫌われたか……」

くるりと背を向け、いかにも悲しげな声を出してみる。哀愁を漂わせるシャンクスの演

技に三歳児はまんまと引っかかって、不安そうに顔をのぞきこんできた。

「……シャンクス、おちこんだ？」

「落ち込んだよ。ウタに嫌われるなんて、かなしーなァ……」

おいおいと泣く真似《まね》をすると、ウタはシャンクスの頬をぎゅっと引っ張り、自分の方を向かせて「ごめんね」と謝った。

「さっき言ったの、うそだよ。ほんとはすき。ウタねえ、シャンクスが一番すきなの」

「そうかそうか、ありがとな」

大きくうなずくと、シャンクスはウタをサッと抱きかかえ、そのままぽんとベッドの上に置いた。

「ってことで、寝るぞ」

「やだ――――――ツツツ!!」

埒《らち》が明かない。

シャンクスはげんなりして天井を仰《あお》いだ。三歳児と暮らすのって、こんなに大変だったのか。

シャンクスがウタと出会ったのは、ちょうど去年の今頃だった。鉢合《はちあ》わせた海賊船がケンカを吹っかけてきたので返《かえ》り討《う》ちにしてやったら、占領した船の中に小さな女の子がいたのだ。女の子がたどたどしいおしゃべりで教えてくれたのは、「ウタ」という自分の名前だけ。船医のホンゴウの見立てではおそらく二歳前後だろうとのことだが、それさえ定《さだ》かではない。おおかた、どこかから誘拐されてきたのだろうが、事情を知るはずの海賊どもは赤髪《あかがみ》海賊団の強さに恐れをなして早々に逃走している。

赤髪海賊団は緊急会議を開き、ウタをどうしたものかと話し合った。泣く子も黙る海賊が、まさか幼児連れで航海を続けるわけにもいくまいが、故郷に送り届けようにも場所がわからない。喧々諤々《けんけんがくがく》たる意見交換ののち、「港に立ち寄った時にでも海軍に預けよう」という当然の結論に落ち着いた頃には、ウタはすっかりシャンクスになつき、膝《ひざ》の上に座ってご機嫌《きげん》で手足をバタつかせていた。

「ウタ、ここいゆ。しゃーくすがいいの」

にこにことシャンクスを慕《した》うウタの姿に、一行はたいそう癒《いや》された。それでなくともシャンクスは、自分と似た境遇のウタに親近感を覚えていたのだ。離れがたくて寄港のたびに「この街《まち》は気に入らねえ」「次の島の方がいい」と何かと理由をつけては先送りにし続け、気づいた時には誰一人ウタと離れることなど考えられなくなっていた。

あれから一年。

粗暴で口うるさい保護者たちに囲まれて、ウタはすくすくと育っている。最近ではすっかりお口が達者になり、周《まわ》りは年相応のわがままに振り回されっぱなしだ。嫌いな野菜は食べないし、自分で選んだ服しか着ない。風呂に入れば二時間遊び倒す。そして、夜はなかなかベッドに入らず、いつまでも遊んでいたがる――。

全く眠る気配のないウタをとりあえずベッドに放り込むと、シャンクスは部屋の照明を落とした。

「ウタ～。いい加減、早く寝ねェと白ひげが出るぞ」

「しろひげってなーに？」

「海賊だ。鬼より怖《こわ》い」

「こわくないよ。シャンクスがウタをまもるでしょ」

「そりゃまぁ……いや、そういう話じゃなくてな」

シャンクスはウタに添い寝すると、小さな背中をトントンと叩《たた》いた。

「ほら。いい子だから寝ろ」

運が良ければこれで寝てくれるのだが、果たして今日はどうだろう。

……そろそろいいかな。

五分ほど経《た》ってから、そっと顔をのぞきこんでみれば、ビー玉みたいに真《ま》ん丸《まる》な瞳と、ばっちり目が合った。

うわあ。全然、起きてる。

「ウタ」

呼ばれるのを待ってましたとばかり、ウタはカッと目を見開いた。

「ねむくない」

「あのな、ウタ」

「ねむくないもん！」

「うん。でもな」

「ねむくないの!!」

「……わかった。眠くねェんだな」

「ウタ、ぜったいねない!!!」

「わかった。寝なくていい」

「ねーなーいーの——!!」

手足をバタつかせるウタを、シャンクスはどうどうと撫《な》でさすった。

「寝なくていいっってんだろ」

「……え。ねなくていいの？　じゃあ、かいおーるいごっこする？」

「いやそれはしない」

「なんで！」

「もっと楽しいことするから」

寝かすのはあきらめた。どうせ眠れないなら、思う存分起きてよう。

シャンクスは弾《はず》みをつけて起き上がると、サイドテーブルに置いていた麦わら帽子をぽんと頭にのせた。

「行くぞ」

「どこに？」

「外」

「そと？」

ウタは目を丸くして、船室の小さな窓を指さした。

「だって夜だよ。おそと出てもまっくらだよ。つまんないよ」

「海の上ではな。陸《おか》は違うんだ」

　ウタはきょとんとして、ニヤリと笑うシャンクスをますます不思議そうに見上げた。


　シャンクスに片手で抱っこされて、ウタは夜の港へと降り立った。

「海にいると思ってた」

「昼間、港に着いたんだ。お前は昼寝してたから気づかなかったか」

「じめん見るの、ひさしぶりじゃない？」

「最近ずーっと海の上だったもんなァ」

　シャンクスに抱かれながら、ウタは真っ暗な空を見上げた。湿った風が吹いて、赤白二色の前髪をさわさわと揺らしていく。

「ねえシャンクス、風はどこから来るの？」

「さァな。海からじゃねェか？」

「そっか。ウタたちといっしょだね」

つぶやいて、ウタは視線を落とした。

見慣れないコンクリートの地面に浮かんだシャンクスのシルエットは、輪郭《りんかく》がぼんやりとして曖昧《あいまい》だ。

辺りに人の気配はなく、妙に静かだった。

「これからどこ行くの？」

「まあ、適当にぶらぶらしてみよう。おれも初めての街だ」

「うん」

知らない場所にいるせいか、なんだかだんだん心細くなってきて、ウタはシャンクスのシャツをぎゅっと握った。

海の上はいつもゆらゆらと優しく揺れていて、大きな大きな船に守られている。でも、その安心感は、ここにはない。固くて冷たい地面が果てしなく続くばかりだ。

「……ねえ、シャンクス。もう海に戻ろうよ」

「なんだよ。せっかく久しぶりに上陸したのに、もう帰りたいのか？」

「海の方がいい」

「おぉ。お前も海賊らしいこと言うようになったな」

シャンクスはのんきに笑っている。

ウタは、自分の顔をシャンクスの胸に押しつけた。暗い場所も知らない場所もきらいだ。シャンクスがいなかったら、きっととっくに泣いてる。

はやく帰りたいのに……。

きゅっと縮こまって、コアラのようにしがみついていると、ふいに辺りが騒がしくなった。

なんだろうと顔を上げたウタの目に飛び込んできたのは、ドロップみたいに色とりどりの光の塊《かたまり》だ。赤、緑、黄色、青——カラフルなランタンの明かりが、ずらりと並んだ出店の軒先《のきさき》で輝いている。

「なにこれ！　パーティー⁉」

「ナイトマーケット。何でもそろうぞ」

すごい、すごい、すごい——お店がこんなにたくさん‼

ウタはシャンクスの腕から勢いよく飛び降りた。視界に入りきらないくらいに遠くまで、たくさんのお店が長く長く列をなしている。どこに視線を向けても初めて見るものばかりで、なんだか知らない世界に迷い込んだみたいだ。ぴかぴかの野菜、ブリキのおもちゃ、

いぐさを編んだ雨笠《あまがさ》やカゴ、貝殻《かいがら》のキャンドルやお花の形の石鹸《せっけん》――年季の入った木の台の上でライトを浴びて、どの品物も誇らしげに輝いている。

「すみません！　ここは何屋さんですか⁉」

　近くのお店のカウンターに向かって声を張り上げると、恰幅《かっぷく》のいい男性の店主が、首を伸ばしてウタの方をのぞきこんだ。

「うん？　うちは珍味屋だよ」

「ちんみってなんですか⁉」

「珍しい食べ物のことさ。ほら、これはヘビの姿焼き。こっちはコウモリの睾丸《こうがん》」

　よくわかんないけど、すごい‼

「ヘビひとつください！」

「お前、金持ってないだろ」

　シャンクスに後ろからひょいと抱き上げられ、ウタはようやく、買い物にはお金が必要だということを思い出した。

「ねえシャンクス、わたし、ヘビほしい」

「んー。ヘビはやめとけ」

「じゃあ、あれならいい？」

指さしたのは、隣の屋台で売られている飲み物だ。氷がたくさん入ったピッチャーの中で、赤い液体が宝石みたいにきらめいている。

「柘榴《ざくろ》のジュースか。これならお前も飲めるかな」

「うん、飲む」

「ホンゴウには内緒だぞ」

ウタが一日に摂取していい砂糖の量は、船医のホンゴウによって厳密に管理されている。乳幼児は砂糖の摂《と》りすぎに注意、らしい。寝る前にジュースを飲むなんて、本当は絶対にダメなのだ。

決められたルールをこっそり破るのは、なんだかドキドキする。シャンクスと一緒なら、なおさらだ。

「ほら」

差し出されたジュースを両手で受け取り、ウタは緊張して口をつけた。キンと冷えた柘榴のジュースは、甘いような酸《す》っぱいような、不思議な味だ。

くぴくぴジュースを飲みながら、ウタはシャンクスと一緒にゆっくり歩いて、マーケットの奥へと進んだ。

「おいしいか？」

「うん」

「勝手にどっか行くなよ。はぐれるから」

「あ、シャンクス、あれ見て！」

言ったそばから、ウタはまた走り出した。すごいものを見つけてしまったのだ。

「見て！　雲!!」

「あー、こりゃわたあめっていうんだ」

「わたあめ？」

「砂糖の菓子だよ」

「おさとうなの？　雲なのに？」

お砂糖で出来た雲で、しかもピンクなんてすごすぎる。食べたらどんな味がするんだろう。

「シャンクス、どうする？　わたあめ、食べる？　食べるよね？　これが一期《いちご》一会《いちえ》だよ」

「一期一会って。お前、どこでそういう言葉覚えてくるんだ」

「ビルディング・スネイクが言ってたの。ねえ、わたあめ、最後のチャンスかもしれないよ。買わないと損だよ！」

「えー。さっきジュースも飲んだだろ」

「でも！　これはジュースじゃない!!!」

買ってくれなきゃ今ここで泣くと言わんばかりの剣幕だ。

「……まあいいけど、ほかの連中に言うなよ。怒られるから。おれが」

「ぜったい言わない!!」

猛アピールの甲斐《かい》あって、ウタは無事にわたあめもゲットすることができた。

桜色のふわふわに、ぱくっと食いつくと、口の中にざらざらとした甘い感触が広がる。

口の中に入れると、思ったより糸っぽい。

「こりゃすごい食べものだねえ」

もう三歳だし大抵の食べ物は食べたつもりだったけど、世界には知らないものがまだまだたくさんあるらしい。

「なんだ。気に入らなかったのか？」

「わかんない」

「そうか」

「でも食べてよかった」

「良かったなぁ」

唇《くちびる》をすぼめ、必死になってわたあめをついばんでいると、いつの間にか口の周りがべたべたになっていた。ぐいっと両手でぬぐったら、今度は手のひらがべたべたになってしまった。

「やー！」

シャンクスの服で拭《ふ》こうと手を伸ばすと、シャンクスは消えていた。さっきまで隣を歩いていたはずなのに、どこにもいない。

あれ……？

きょろきょろと周囲を見まわすが、右を見ても左を見ても知らない大人《おとな》が行きかうばか

りだ。

「シャンクス？　どこ行ったの？」

にぎやかだった周囲の音が、急によそよそしくなった。背筋《せすじ》がざわざわと震える。

シャンクス、どこ行っちゃったの？

捜《さが》しに行きたいけど、人の流れに押されてうまく立ち止まれない。転びそうになりながら首をひねって周りを見まわすと、周囲の人たちより頭一つ分高いところに、見覚えのある麦わら帽子が見えた。

「シャンクス!!」

行きかう大人の間をすり抜けるように走り、ウタはシャンクスの足にぎゅうっとしがみついた。

「なんだ、どうした」

「シャンクス、ウタのそばからいなくなったでしょ！」

「おいおい、ずっと後ろにいただろ」

「いなかったもん！　シャンクス、ウタから目をはなした！」

「いや見えてたって」

「だっこして!!」

両手を広げてせがむと、シャンクスはハイハイとあきれ顔をしつつも抱き上げてくれた。しがみついて、優しく骨張った首筋《くびすじ》に頬を押し当てると、緊張で固まっていた身体の芯《しん》がゆっくりとゆるんでいく。

「もうぜったい、迷子にならないでね。ウタ、一人はいやだから」

つぶやくくらいの声量だったけど、人混みの中でもシャンクスはちゃんと聞き取ってくれて、答える代わりに乱暴にウタの頭を撫でた。

それだけでもうウタは元気を取り戻し、ぴょんと元気よく地面に飛び降りると、シャンクスとしっかり手をつないで、また歩き出した。

「ねーお兄さん。その子、娘？　妹？」

ナイトマーケットを中ほどまで進んだところで、子供服の並んだ出店の女主人が、シャンクスに声をかけてきた。

「娘だよ」

「へー。ずいぶん若いパパなのね。ねえ、可愛《かわい》い子には服でも買ってあげなさいよ。うちに置いてある服は、みんな私が作ったの。ほら、これとかどう？」

「んー。あんまフリルとかリボンとか付いてるやつはなァ……」

裾《すそ》がチュールになったワンピースを強引《ごういん》に押しつけられ、シャンクスは気乗りしないながらもウタの身体に当ててみた。

すごく似合う。

「買おう」

「三〇〇〇ベリーよ。まいどあり」

店主がにんまりと揉《も》み手《で》をする。

ワンピースは、そりゃあもうウタによく似合った。普段Tシャツだの短パンだの素《そ》っ気《け》ない格好ばかりさせているから、なおさら破壊力が大きい。けして親の欲目ではなく、天使が空から降りてきたかと思うほどの可愛さだ。

いや、待て待て、落ち着け。

シャンクスはふと我に返り、三〇〇〇ベリーをひっこめた。

「悪《わり》ィ、やっぱナシ。航海の途中なんだ。船内に置ける荷物は限られてるし、こんな動きづれェ服、買ったところで……」

「おそろいのケープもあるんだけど」

ファサッと、店主がウタの肩にケープを羽織《はお》らせると、シャンクスは目にも留《と》まらぬ速さで再び財布を開いた。

「それもくれ」

ワンピースだのケープだの、海賊船で旅をするウタにはどう考えても必要ないのだが、かといって買わないという選択肢《せんたくし》はない。こんなに似合うのに、着せないわけにはいかないだろう。父親として。

ウタはケープの下で窮屈《きゅうくつ》そうに身をよじると、真顔《まがお》で言い値を支払うシャンクスのシャツの袖《そで》を引いた。

「シャンクス、ウタこの服やだ。動きづらい」

しかしシャンクスは聞いちゃいない。てきぱきと会計を済《す》ませる父親の姿に、ウタは「もー」と頬を膨《ふく》らませた。勝手にこんなの買って、あとで絶対ベックマンに怒られるのに。

その時、店の奥から、ほぎゃああ、と泣き声が聞こえてきた。

「あ、起きちゃった。やばいやばい」

店主は包みかけの品物をシャンクスに押しつけると、慌《あわ》ただしく店の奥に引っ込んでいった。カウンターの陰《かげ》に隠れて見えなかったが、椅子《いす》に置かれたバスケットの中に、小さな赤ん坊がいるらしい。

「おお。あいつ、ウタより小さいな」

「ウタもう赤ちゃんじゃないもん」

店主は、ぐずぐずと泣く赤ん坊を胸に抱えると、子守歌を歌い始めた。風をふくんだ薄布のような、やわらかいメロディの曲だ。

数十秒も聞かないうちに、への字になっていた赤ん坊の口がすっとゆるんだ。かと思うと、あっという間にくうくうと寝息を立て始めてしまう。

あまりに鮮《あざ》やかな寝かしつけに、シャンクスは心底圧倒された。

「……まじかよ……」

「この島に伝わる子守歌なの。これ歌って背中トントンしたら、瞬殺よ」

「なあアンタ、その曲、おれにも教えてくれないか」

子供を寝かしつけるテクニックは、今の赤髪海賊団が宝の地図以上に欲しているものだ。

「おれ、前にこの子を寝かせようと思って、仲間と子守歌を自作してみたことがあるんだけどよ。全然うまくいかなかったんだ」

「え、いや教えるのはいいけど、普通の子守歌よ？」

「でも現にあんたの子供は寝ただろう。それが重要なんだ。頼む、教えてくれ、この通りだ」

「ちょちょちょちょ、頭なんか下げないでよ！」

子守歌が知りたくて必死なシャンクスの姿に、店主はちょっと引いている。

その時、若い男が近づいてきて、店主と話しているシャンクスの肩を勢いよく摑《つか》んだ。

「おい！　お前、海賊だろう⁉」


シャンクスに声をかけてきたのは、休暇でこの島に帰省していた若い海兵だった。研修を終えて最近ようやく配属になったばかりだが、赤髪の男の顔には見覚えがある。おそらく賞金首のかかったお尋ね者だ。

「おい！　お前、海賊だろう⁉　手配書で顔を見たことがあるぞ！」

海兵が勇《いさ》んで声を張り上げると、店の主人が慌てて割って入った。

「ちょっとちょっと海兵さん、何かの間違いじゃないの。その人、ここで娘さんの服買っ

てただけよ。お金もちゃんともらったし」

「ほらこれ見てくれ。おれの娘に似合うだろ」

「私が縫ったのよ。ほらここ、ぽんぽんが付いてる」

「そう、ぽんぽんが付いてる」

赤髪と店主は、そろって子供服の可愛さをアピールしてくる。

果たして賞金首が子連れで服なんか買いに来るだろうか。この男、ただの若いパパなのでは？

海兵が戸惑《とまど》っていると、赤髪の股《また》の間から、子供がひょこっと顔を出した。

「ねー、シャンクス。ウタ、つかれちゃったからだっこして」

……シャンクス？

海兵は反射的に腰の銃に触れ、こんな人の密集した場所で発砲するわけにはいかないとすぐに思い直して手を離し、代わりにナイフを抜いた。

「動くな！」

人の好《よ》さそうな笑顔にあやうく騙《だま》されるところだった。

赤髪のシャンクス——海兵なら、その名前を知らない者はいない。

「お前がどれだけ強い海賊だろうが関係ない。この街に手を出すならタダじゃおかないぞ。……こ、これは脅《おど》しじゃない」

声が震えそうになり、喉《のど》に力を入れた。噂《うわさ》では、シャンクスはひとにらみで人を気絶させることができると聞くが――相手がどれほどの強敵であれ、悪に屈するわけにはいかない。ここは、お人好しばかりの島民がのんびりと平和に暮らす田舎町《いなかまち》だ。その日々を、海賊などに壊させはしない。この世界の平等と平和を守るのが、海軍の務めだ――。

「おい、落ち着け。ここでおれとやり合ったって、お前には損しかないぞ」

赤髪がやんわりと言うが、海兵はなおさら力んで、ナイフを握る手を震わせた。

「黙れ。私は正義を背に負う海軍だ！　この街に平和と平等を保障する義務がある！」

「ねー、へーわとびょーどーって何？」

子供が赤髪の膝にまとわりついて言う。

赤髪は、やれやれと言わんばかりに頭をかいた。

「いやー、まいったな。どうしよう」

「ねぇってば。へーわとびょーどーって何なの？」

赤髪の男は、子供を小脇《こわき》に抱えると、「逃げるか」とつぶやいた。

「え」

目を瞬《しばたた》く海兵の前から、赤髪の姿がふっと消える。気がついた時には、赤髪は子供を抱えて、ずいぶん遠くを走っていた。

「待てっ」

海兵の男は必死に走って追いかけたが、二人の姿は、あっという間に見えなくなってしまった。

息ひとつ切らさずに通りを駆け抜け、何度か角を曲がって大きな噴水のある公園の手前まで来たところでようやく立ち止まり、シャンクスは「あ」と間の抜けた声を出した。

「置いてきちまったな。お前の服」

「もってきたよ」

ウタが、両手に握りしめた袋を掲《かか》げて見せる。

「えらいな、ウタ！　さすが海賊だ！」

褒《ほ》められて、ウタはふふんと胸を張った。

「しっかし、これでナイトマーケットには戻れなくなっちまったなァ。せっかくお前に色々見せてやろうと思ったのに」

「ウタ、もうたくさん見たよ」

「いやいや、世の中にはまだ色々なモンが……」

公園を背にして歩きかけ、シャンクスは道を渡った先にある雑貨店に目を留めた。シャッターを半分下ろして店じまいの準備をしているようで、店頭には爪切りやらハサミやらおまけつきのお菓子やらが雑多に並んでいる。

「ちょっとここで待ってろ」

すとんと地面に降ろされたウタは、「ここ」で待ってろと言われたのを二秒で忘れて、公園の中に見える噴水の方へ寄っていった。

不思議だ。水は下へと落ちるものなのに、ここでは上に噴《ふ》き上《あ》がっている。中に大きな海王類がいたりするのかな。

真っ白い月が水の中で揺れている。そっと手を差し入れてみると、水に浸《つ》かった手首のそばを、アメンボがすいすい通り過ぎていった。

水はどんどん噴き出しているのに、噴水があふれる様子《ようす》はなかった。

どうなってるんだろう。どうして水嵩《みずかさ》が変わらないのかな。

「待たせたな、ウタ。いいもの買ってきたぞ」

背後でシャンクスの声がするけれど、ウタの視線は噴水の方へ向いたままだった。

「ねえシャンクス、見て。水がじゃあじゃあしてるよ。ずっと。いっぱい」

「ウタ」

「見て。ずーっと水が出てるのに、あふれないの」

「ウタ」

「ねえ、見てってば、シャンクス！」

勢いよく振り返ったウタの目の前を、すーっと透明な球体が通り過ぎていった。

月明かりを浴びて、きらきらと透《す》き通《とお》っている。

「…………」

思わず手を伸ばすと、指先が触れた瞬間ぱちんと弾《はじ》けた。

「……これ何？」

「シャボン玉」

シャンクスは、筒の先にちょんちょんと液をつけると、ふーっと息を吹き込んだ。まるで魔法のように、筒の先から大量のシャボン玉がするすると飛び出してくる。

　ウタは吸い寄せられるように、シャボン玉を追いかけた。

　きれいだから触《さわ》りたいのに、触れた瞬間に消えてしまう。ふわふわ浮いてる時も、弾けた瞬間も、どっちもすごくきれいだ。

「すごいね、シャンクス。シャボン玉ってすごい！」

「な」

「ウタもやりたい」

「あー、ちょっと待ってろ」

「やりたいやりたいやりたいやりたいやりた

い！」

「やらせないなんて言ってねェだろ。ちょっと待ってろ、液つけてやるから」

「早く貸して!!」

両手を挙げてシャンクスの足の周りにまとわりつき、ようやく筒を渡してもらう。

「間違って吸うなよ。吐くんだぞ」

ぷーっと息を吹き込むと、虹色に透けたシャボン玉が視界いっぱいに広がった。夢中になって見ていると、大きいのと小さいのがぶつかり、そのままくっついて一つのシャボン玉になった。

「合体した！　雪だるまみたい！」

シャンクスは涼しい顔で、漂うシャボン玉をのんびりと眺めている。

泣いたり笑ったり忙しいウタと違って、シャンクスの機嫌はいつも平らだ。怒ったり取り乱しているところを見たことがない。

戦闘中や、ほかの船員といる時はもしかしたら少し違うのかもしれない。でもウタの知るシャンクスはいつもゆるくて、のんびりとカモメを見ているような姿ばかりで、誰かをにらみつけたり威嚇《いかく》するような顔はとても想像できなかった。

ふよふよと漂うシャボン玉を目で追いかけながら、ウタは「ねー、シャンクス」と声をかけた。

「へーわとびょーどーって何？」

「どうした急に」

「さっきの人が言ってたから。ねえ、どういう意味なの？」

「んー」

シャンクスは少し考えてから、「もうちょっと大きくなったら教えてやる」と言った。

「なんで今じゃないの？」

「お前にはまだ難しい言葉だから」

「説明するのがむずかしいなら、ほんものを見せてよ。そしたらわかるから」

「目には見えねェもんなんだよ。触れもしないし」

「見えないし、さわれないの？　それってこまらない？」

「だから言葉があるんだろ」

「ふーん？」

へいわとびょーどーは、さわれないし目に見えない。シャボン玉は、目には見えるけど、さわるとこわれちゃう。わたあめやざくろのジュースは、目に見えて手でさわれて、おいしい。

どうやら世の中には、ウタが思うよりずっとたくさん色々なものがあって、それはひとつひとつ違った性質を持っているようだ。ややこしいことに。

「夜のシャボン玉もいいもんだな」

シャンクスの方に寄っていたシャボン玉が、ふーっと息を吹きかけられて戻っていく。

「ねー。いいもんだねー」

ウタがシャボン玉を見て「きれいだな」って思った気持ちは、見えないし触れないけど、ちゃんと存在してる。それと同じように、へいわもびょーどーも、見えないし触れないけど、きっと存在してるのだろう。漠然《ばくぜん》とそんなことを思いながら、ウタはシャンクスの顔めがけて、ぷーっとシャボン玉攻撃を繰《く》り出《だ》した。

レッド・フォース号への帰り道を、ウタはシャンクスの背中におんぶされて歩いた。シャボン玉を追いかけて公園中を走り回ったから、すっかりクタクタだ。シャツ越しに感じる背骨に頬を寄せ、心地よい揺れに身を任《まか》せていると、どんどん眠たくなってくる。

「……あ。買った服、おいてきちゃった。シャボン玉したところに」

「あーあ」

言葉のわりに、シャンクスの声はたいしてガッカリもしていないみたいだ。

ウタも真似して「あーあ！」と言うと、シャンクスの背中にコテッと体重を預けた。

触れた場所からじんわりと、シャンクスの体温が移ってくる。来る時は怖かったはずの暗い道が、今はもう、ちっとも怖くなかった。街灯の優しい明かりが、閉じたまぶたの裏にやわらかく滲《にじ》んでいる。

シャンクスはすごい。くっついてるだけで気持ちがよくて、なんだかふわふわして、ずっとこうしてたいなって思う。

わたしにも、こんなふうに、誰かを幸せにする力があったらいいのにな。

とろとろと眠りに落ちながら、ウタはにへっと、自然に口元をゆるめていた。


「……で、なーんで家に着いた途端に起きんだよ」

船内の寝室に戻ってくるなり、シャンクスは途方に暮れた。

ベッドに置いた瞬間、まるで背中にスイッチでもあるみたいに、ウタの目がぱちんと開いてしまったのだ。

「ウタ、今ねてた」

「そうだな」

「でも起きたよ」

「そうかい……」

寝室の戸口にはいつの間にか赤髪海賊団たちが集まってきて、脱力するシャンクスを笑っている。

「お頭《かしら》がわざわざ外まで散歩に連れ出して、まだ寝てねェのかよ！」とラッキー・ルウ。

「あの赤髪のシャンクスが、子供一人寝かせられねェとはなァ」とヤソップ。

ベックマンは黙って部屋に入ってきてウタを抱き上げると、真顔ですんすんと匂《にお》いをかいだ。

「……甘い香りがするな。外で余計なもん食わせると、ホンゴウが怒る」

シャンクスとウタは、そろって首を振った。

「食べてねェよ。なあウタ？」

「うん。たべてないよねえ、シャンクス」

「そうやって口をそろえてる時が一番怪しいんだけどな……」

怪しみつつ、ベックマンはウタをベッドの上に降ろした。

ウタはベッドのへりに腰かけると、ぱたぱたと両足を動かし始めた。

入眠の気配ゼロ。それどころか、ちょっと寝て、ますます元気になっている。

「どうすんだ。ウタのやつ、完全に目が冴《さ》えちまってるじゃねェか」

ヤソップにまぜっかえされ、シャンクスはあーあと天を仰いだ。

……あ。そういや、さっきこの島の住人が、子供を寝かしつけるのに子守歌を歌ってたな。なんか、おだやかーな感じの。

とりあえずささやくように、ねーむれー、あかちゃーん、と思いつくまま子守歌っぽいものを歌ってみる。途端に、ウタの眉間《みけん》に深いしわが寄った。

「シャンクス、その歌やだ！　それより、みんなで歌ってくれるやつがあるでしょ。あれ歌って！」

「あれは、子守歌じゃねェだろ」

「それでもいいの。歌って歌って歌って！　おねがい！」

「やだ。お前絶対寝ねェじゃん」

「ねーるーかーらー！」

「だめ」

ウタの言う「歌」とは、去年、赤髪海賊団が即興で作った歌のこと。怪物のごときウタを何とか泣《な》き止《や》ませるため、街で見かけた母親の見よう見まねで子守歌を歌おうと試みたのだ。しかし、なにしろ全員海賊なので、子守歌のように穏やかな曲にはなじみがない。子供を寝かせるための歌のはずが、全員で合唱するうちに誰からともなく肩を組み始めてしまい、気づいた時には海賊が酒場で歌うような荒っぽくてやかましい歌が出来上がっていた

「おーねーがーい！」

駄々をこねるウタを前にシャンクスが困っていると、ライムジュースがなぜか「よし」とうなずいて、トン・トントントントントン・トトンと机を叩き始めた。

去年作った、例の曲のリズムだ。

「おいおい、これからウタを寝かすってのに……」

「まーまー」

渋るシャンクスの右と左から、すかさずヤソップとラッキー・ルウが肩を組み、ライムジュースの刻《きざ》むビートに合わせ、大口を開けて歌い始めた。こうなるとシャンクスも楽しくなってきて、歌わずにはいられない。

三人の楽しそうな声を聞きつけた船員たちが、おれもおれもとどんどん集まってきて、あっという間に赤髪海賊団全員での大合唱になった。

お互いに肩を組み、宴《うたげ》さながらに大声で歌いあげる。楽しそうな大人たちの姿を見て、ウタはきゃっきゃと手を叩いて喜んだ。

「ねー！　ウタも歌うー！」

ぴょこんとベッドから飛び降りて、足を踏み鳴らす。そうしてみんなの歌声に合わせて、カエルみたいに飛んだり跳《は》ねたりした。

「音楽ってすごいね！　たのしーね！」

「ウタは音楽が好きか。じゃあ将来は、赤髪海賊団の音楽家だな」

シャンクスの言葉に嬉《うれ》しくなって、ウタはますます高くジャンプした。

「やったー！　ウタ、赤髪海賊団の音楽家になった！」

シャンクスといる時、ウタはいつも離れたくなくて、ずっと一緒にいたいなって思う。そういうふうに、ずっと聞いていたいって思えるような音楽を作れたらいい。シャボン玉を見てきれいだと感じた気持ちのように、目に見えなくても、誰かの心の中に残り続ける曲が歌いたい。

「ウタ、世界で一番すごい音楽家になる！　それで、ずーっと、いつまでも、みんなのために歌うからね！」

根拠もなく、でも絶対の自信をもって——ウタは大好きな赤髪海賊団のみんなの顔を見まわすと、得意げにそう宣言してみせたのだった。

extra episode: NAMI & ROBIN

A fleeting moment.

まぶたの向こうで日差しがちかちか揺れている。

「うー……」

まだ起きたくない。

布団《ふとん》にくるまったまま、ナミはもぞもぞと寝返りを打った。寝起きは良い方だと思うけど、時には起きられない朝もある。あと十分……いや、五分でいいから、眠っていたい。

でも。

「あー……起きなきゃ……」

布団をかぶったまま、のっそりと身体《からだ》を起こした。今起きなければ朝食に遅れる。寝坊したら寝坊したで、サンジはしっかり不在者の分を取り分けておいてくれるのだけど、九人分の食事を一日に三度も用意する激務のコックに余計な負担をかけたくはない。

半目で洗面台に向かい、チョッパーが作ってくれたシートマスクをビャッと顔に貼り付けると、ようやく頭の中がすっきりしてきた。

いつものモーニングルーティンを終え、鏡の中の自分と目を合わせる。

「……よし。今日も可愛《かわい》い」

くっきり浮いた二重幅《ふたえはば》に縁《ふち》どられた、ミカンみたいに真ん丸な瞳。寝不足なんて少しも感じさせない、今日も最高に可愛いはずの自分の顔――。

数秒後。

ナミの悲鳴が、部屋中に響きわたった。


「シミぃ？　そんなもん、どこにあるんだよ」

「あるでしょ、ここに！　よく見てよ！」

ウソップは、針の穴でも通すように目を眇《すが》め、ナミの顔をじっと見つめた。

「……あるような、ないような……」

言われてみれば確かに、左目の下に浮かんだ小さな点が見えなくもない。しかし、ここと指さして言われなければ、全くわからないくらいの薄さだ。

「ナミさんはシミがあってもきれいだよ♡」

カウンターから身を乗り出して、サンジがニコニコと言う。ルフィはダイニングで骨付き肉を吸い込むのに忙しくて、聞いていないようだ。

「朝っぱらから、くだらねェことで騒いでんじゃねェよ。たかが面《つら》の皮一枚だろ」

素《そ》っ気《け》なく言い放つゾロに、ナミは断固として言い返した。

「その面の皮一枚が、私にとっては大きな武器なの！」

こっちは五歳の頃からご近所さん相手に愛嬌《あいきょう》を仕掛けては、その幼気《いたいけ》さでキャンディだのクッキーだの日々のおやつを手に入れてきたのだ。面の皮はナミの大きな武器。たとえ小さなシミ一つでも、見逃《みのが》すわけにはいかない。

「今日が買い出しの日でよかったじゃねェか。でけェ街《まち》だから、なんか売ってんだろ。シミを隠すための、あれだ、コスメ？　的なやつが」

フランキーの言葉に、ナミは「そうね」と力なくうなずいた。

窓ガラスに薄く映った自分の顔に、あまりに元気がなくて、思わず苦笑《にがわら》いが漏《も》れてしまう。

あーあ。スキンケア、がんばってたのに。

過酷な船旅を続けながら「可愛い」をキープするのは、ものすごく大変だ。吹きつける潮風に、超強力な紫外線、安定しない睡眠時間とハードな戦闘。甲板《かんぱん》の作業で汗だくになることも多いので、ちょっとクマが出来ちゃったからコンシーラーで隠しとこ～なんてわけにはいかない。

それでもナミはたくましく、毎日せっせと自分をケアし続けた。こまめに日焼け止めを塗り直し、シャンプー後には必ずヘアパックとヘアオイル。美容液は五種類を使い分け、夜は髪の先から足の爪までくまなく保湿してから眠る。年を重ねることに対して必要以上に抗《あらが》おうとは思わないが、相応以上に衰《おとろ》えるのは絶対に嫌《いや》なのだ。

――それなのに、シミが出来た。

端的に言って、ショックでしかない。

塗り直しがあまかった？　それとも長期保管しすぎて劣化してたとか？　いずれにせよ、これまでの一軍ラインナップを抜本的に見直す必要がある。

買い出し後の自由時間、ナミは繁華街の化粧品店に駆け込んだ。

「絶対に日焼けしない化粧下地と、擦《こす》らなくてもしっかり落ちるクレンジングが欲しいの。おすすめ順に見せてくれる？」

真剣な口調と表情から色々察した店員は、すぐさま商品をずらっとカウンターに並べてくれた。クレンジングはオイルとジェルの二種類。化粧下地は色味の薄い順に、十数種類。

「お客様、海軍の方ですか？」

「ええ、まあ、そんな感じ。よくわかったわね」

「下地とクレンジングだけ大量にまとめ買いしていくのは、たいてい航海中の方です。日焼け対策、皆さん悩まれてますよ」

「本当、私も苦労してるわ」

お肌《はだ》の色を見ますね、と、店員がナミの顔に指先で触れる。

「あら——でも、すごくキレイな肌ですよ。水分量も理想的。うらやましいです」

「ありがとう」

お世辞《せじ》でないことはわかっているので、褒《ほ》め言葉は嫌味でない程度に受け入れておく。

手の甲に下地を一色ずつ試し塗りしてもらう間、店頭のディスプレイに飾られた新作コスメ群をぼんやりと眺めた。最近の陸《おか》での流行《はや》りは、ネオンカラーのつけまつげらしい。

「あのツケマ、かわいいなー」

「今季のイチオシです。よかったら、試してみますか？」

「いや、やめとく。どうせつけられないから。甲板に出た瞬間に、風で剝《は》がれて飛んでっちゃう」

「あー。船の上だと、オシャレもなかなか思うようにいかないですよね。海軍のお客様はよく愚痴《ぐち》ってますよ。最低限のお化粧しかできないし、女性が少ないから話相手がいなくてストレスが溜《た》まるって」

「あ、この色にするわ」

左から二番目のピンクベージュを指さしながら、ナミは続けた。

「私の場合、ストレスはそんなにないかな。気の合う女友達が、いつも同じ部屋にいてくれるから」


ピンクベージュの化粧下地とジェルタイプのクレンジングを、あわせて一ダース。

戦利品の詰まった紙袋を引《ひ》っ提《さ》げて女子部屋に戻ると、〝気の合う女友達〟は、ソファに浅く腰かけて本のページをめくっていた。

「ただいま、ロビン」

「あら、おかえりなさい」

本から顔を上げたロビンは、入れすぎて変形した紙袋を見てくすりと笑った。

「今日はいつにも増してたくさん買い込んだのね」

「うん。紫外線ケア、もっと頑張ろうと思って。見てよ、ここ。小さいシミが出来ちゃったの」

「あら、大変」

ロビンは、ナミの左目の下に軽く触れた。

「ショックよね。わかるわ」

ほらね。ロビンはそう言ってくれる。

ナミは嬉《うれ》しくなって、ふふっと笑《え》みを滲《にじ》ませた。

ただただ誰かに共感してほしい時がある。シミがあってもきれいだとか、カバーできる化粧品を買えばいいとか、そういう建設的な言葉も嬉しいけど、それより「わかる」の三文字が欲しい。そんな時、ロビンだけは、いつも必ずナミの気持ちを理解してくれた。

この瞬間は、なかなかほかの連中とは分け合えない。ナミとロビンの間だけの、ささやかで特別な絆《きずな》だ。

「ロビンは髪切ったんだね。似合ってるよ」

「毛先をちょっとそろえたの。気づいてくれたのはあなたとサンジだけよ」

　ロビンは本を閉じてテーブルの上に置くと、ソファに座り直しながら「ねえ、聞いてくれる？」と続けた。

「美容院で、ちょっと面白いことがあったの。席に案内されてふと隣を見たら、ブルックが座ってたのよ」

「え、偶然？」

「そう、偶然。彼は私が来たのに気づいてなかったわ。『枝毛があるので毛先を整えてください』ってオーダーして、美容師の男の子を困らせてた」

「うわあ。ブルックの髪、ウェーブしすぎて毛先がどこだかわからなくなってるもんね」

「そうなの。それで、先にトリートメントすることになったみたいなんだけど、彼の髪、スポンジみたいでしょ？　シャンプーがあまりにも泡立ちすぎて、顔が泡に埋もれちゃったのよ。慌《あわ》てた美容師が『目に染《し》みませんか？』って聞いたら……」

「あ、わかった。『大丈夫です、目ないんで』って、いつものスカルジョークでしょ？」

「そう。美容師の子、反応に困ってたわ」

他愛《たわい》もない話に花を咲かせていると、コンコン、とノックの音が響いた。

お邪魔しますよ～と顔をのぞかせたのは、話題の張本人、ブルックだ。後ろにはチョッパーの姿もある。

「あらブルック、なんだか今日は髪のツヤがいいわね」

すかさずロビンが言うと、ブルックは「あ、わかります？」と嬉しそうに頭を撫《な》でさすった。

「実はさっき、トリートメントに行ってきたんです。美容師さんに『頭蓋骨《ずがいこつ》の形が綺麗《きれい》ですね』って褒められちゃいました。ヨホホ」

「あんたの髪、泡立ち良すぎるんだから、気軽にシャンプーなんて頼んじゃだめよ」

「えっ……。ナミさん、なぜそのことをご存じなんです？」

「さあ、なんでかしらねー」

ナミがはぐらかすと、ブルックはますます不可解そうに「ヨホ？」と首をひねりつつ、

「それはそうと、お二人にプレゼントです」

と、小さなガラス瓶を差し出した。

「あー!!」

ナミは思わず歓声をあげた。王女をイメージした水色の容器。アラバスタ王国にのみ生育するコロッカンツリーのオイルを使ったヘアトリートメントだ。

「ずっと探してたのに、全然売ってなかったやつ！　アラバスタでもっと買いだめしとけば良かったって、ずっと後悔してたの！」

「ヨホホ。市場でたまたま見つけまして。お裾分《すそわ》けですよ」

「ありがとう、ブルック。これ私も、アラバスタでずっと使ってたのよ」

ロビンに微笑《ほほえ》みかけられ、ブルックは「お礼には及びませんよ」と軽く手を振った。

「船旅中のヘアケアは大変ですから。助け合っていきましょう」

続いてチョッパーが、「おれはナミに、これを持ってきたんだ」と、両手に持った容器を見せる。

「顔に色素沈着が出来たって聞いたから、化粧水や美容液を調合し直したんだ。有効成分が色々入ってるぞ」

「最高！　ありがとう、チョッパー！」

ナミにぎゅっと抱きしめられて、チョッパーは窮屈《きゅうくつ》そうに身体をよじった。

「あのな、ナミ。主治医として一応言っておくけど、色素沈着はあっていいんだぞ。活性化したメラノサイトが引き起こすただの黒ずみだから、健康には全く問題ないんだ」

「わかってるわ。これは私の気分の問題なの」

そう。全《すべ》ては気分の問題だ。他人にどう思われるかよりも、自分がどう思うかの方がよっぽど大事。誰にも気づかれないような小さなシミでも、自分が気づいていればテンションが下がる。

「さてと。私とロビンは、これからゼウスにサウナをやってもらうけど。チョッパー、あんたも来る？」

「おれはいいや。昨日《きのう》風呂に入ったばっかりだし」

「ヨホホホ、それでは私がご一緒に……」

すり寄ってきたブルックを「アンタはダメ！」と追い払い、ナミは〝天候棒《クリマ・タクト》〟を手の中でくるりと一回転させた。ゼウスのスチームサウナで肌を潤《うるお》したら、チョッパー特製の美容液と、ブルックがくれたヘアオイルを試してみよう。今日買った下地とクレンジングも、早く使ってみたい！

旅をしながらキレイでいるのは大変だけど、工夫しながら自分をケアするのは楽しいし、幸いナミには仲間がいる。チョッパーは肌のコンディションに合わせて化粧水や乳液を調合してくれるし、ヘアケアに詳《くわ》しいブルックはいつも的確なアドバイスをくれる。それに、ロビンとは日々、美容に関する情報交換をしたりお互いにマッサージをしたり、とりとめもない話で笑って肩の力を抜き合える。

「さーてゼウス、スチームサウナお願い」

〝天候棒《クリマ・タクト》〟からボワンと出てきたゼウスは、「はーい!!」と良いお返事で、細《こま》かな霧を浴室いっぱいに満たした。ナミとロビンの肌の水分量を整えるのは、ゼウスの密《ひそ》かな重要任務。二人は身体に巻いていたタオルを落とし、スッピンを汗でてかてかにしながら、暖かいミストを全身に思う存分浴びた。

過酷な船旅の中での自分磨きのひとときは、嵐《あらし》の真ん中でふいに訪れた短い凪《なぎ》のように、人心地ついて次へと進むための大切な時間なのだ。ナミにとっても、ロビンにとっても。

尾田栄一郎　熊本県出身。1997年「週刊少年ジャンプ」34号より『ONE PIECE』を連載開始。

江坂純　早稲田大学文学部卒業。ノベライズ作品に『NARUTO-ナルト-』シリーズ（JUMP j BOOKS）、『スピンオフノベル THE HEAD 前日譚 アキ・レポート』（集英社オレンジ文庫）など。漫画『she is beautiful』（となりのヤングジャンプ）の原作なども手がける。

諏訪さやか　イラストレーター。主に鉛筆、ペン、水彩などを使用。女性をメインとした人物イラストで、書籍や文芸誌を中心に活動中。

初出　「ONE PIECE magazine」Vol.12、13、15、17

ONE PIECE novel HEROINES [Colorful]

2024年 3月 9日　第1刷発行

原　　作　尾田栄一郎
小　　説　江坂純
イラスト　諏訪さやか

装　　丁　高橋健二（テラエンジン）
編　　集　株式会社　集英社インターナショナル
〒101-8050　東京都千代田区一ツ橋2-5-10
03-5211-2632（代）

編集協力　添田洋平（つばめプロダクション）
編 集 人　千葉佳余
発 行 者　瓶子吉久
発 行 所　株式会社　集英社
〒101-8050　東京都千代田区一ツ橋2-5-10
03-3230-6297（編集部）　03-3230-6080（読者係）
03-3230-6393（販売部・書店専用）

印 刷 所　中央精版印刷株式会社

ISBN978-4-08-703544-5 C0293

検印廃止

ナミにファッションショーの出演依頼が？
ナミたちが主役のストーリー集！
ロビンと革命軍の暗号解読！
ビビのラブレターの相手とは？
ペローナとミホークがワインをめぐって…？
尾田先生もレコメンド！
大冒険の余白にある小さなONE PIECEをどうぞ。
Eiichiro Oda.
絶賛発売中！

ONE PIECE novel HEROINES

（原作）尾田栄一郎　（小説）江坂 純　（イラスト）諏訪さやか

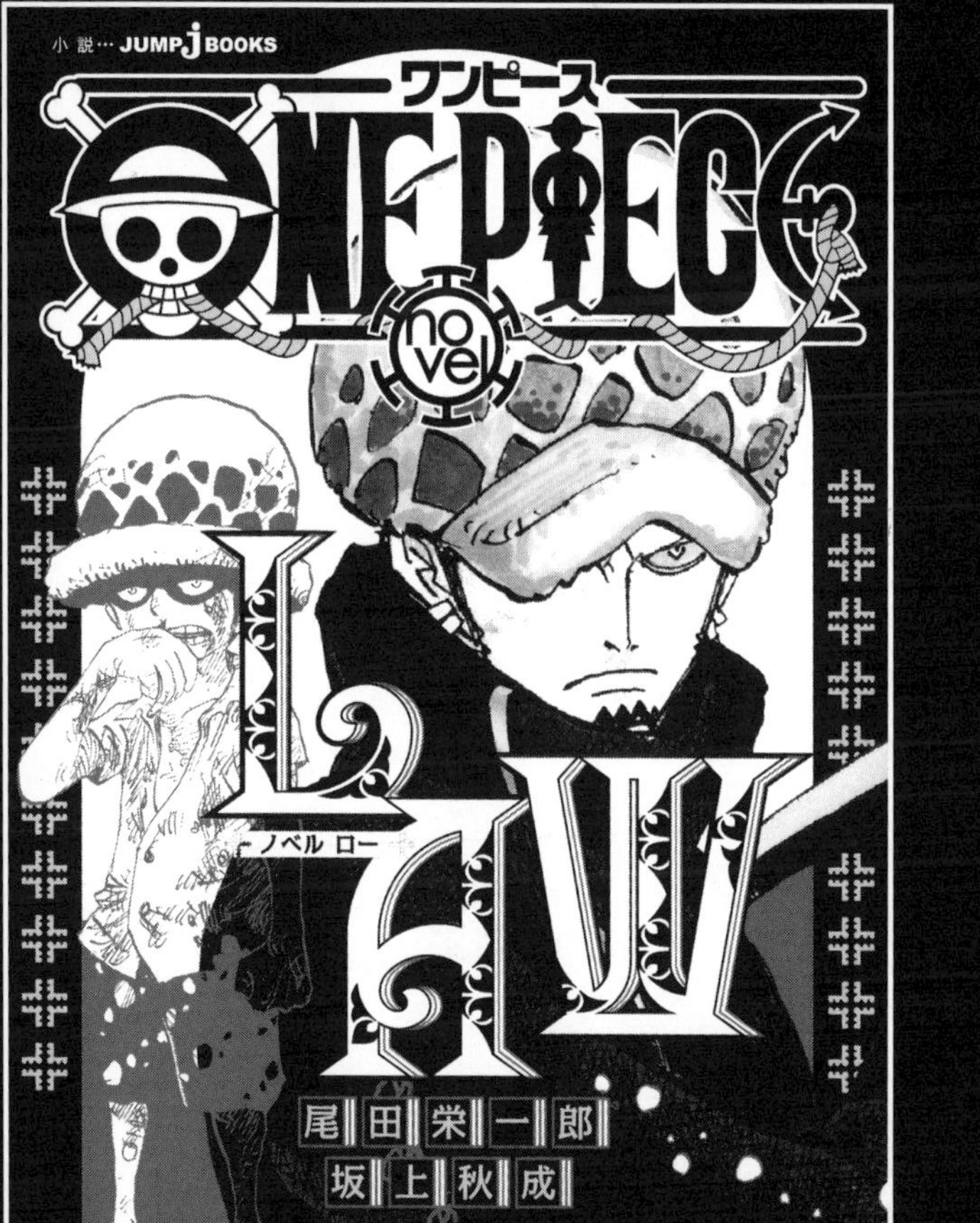

ONE PIECE novel LAW

（原作）尾田栄一郎　（小説）坂上秋成

JUMP j BOOKS：http://j-books.shueisha.co.jp/

本書のご意見・ご感想はこちらまで！

http://j-books.shueisha.co.jp/enquete/